ベリーズ文庫

崖っぷち令嬢が男装したら、騎士団長に溺愛されました

三沢ケイ

STARTS
スターツ出版株式会社

目次

崖っぷち令嬢が男装したら、騎士団長に溺愛されました

◆一．わけあり令嬢の事情……10
◆二．皇都騎士団への入団……35
◆三．皇都騎士団長レオナルド……51
◆四．騎士団での生活……68
◆五．大怪我……85
◆六．剣技大会……97
◆七．噂……117
◆八．事件……137
◆九．除名……160
◆十．近衛騎士……172
◆十一．異変……193

◆十二．突入……206
◆十三．恋心……217
◆十四．新たな疑惑……230
◆十五．真相……235
◆十六．宮廷舞踏会……247
◆後日談　ふたりの婚約記念品……262

特別書き下ろし番外編

◆堅物閣下の止まらない独占欲……272
あとがき……320

登場人物

characters

帝国トップの騎士団長

レオナルド

ハイランダ帝国の皇都騎士団&近衛騎士団の団長、さらにハイランダ帝国軍の若き副将軍を務めるエリート軍人。整った風貌で女性からの人気も高いが、恋愛に無頓着で愛想が悪い。舞踏会で出会ったアイリスに興味を持つ。

ワケあり男装令嬢

アイリス

名門騎士家系・コスタ子爵家の令嬢。叔父に乗っ取られそうな家を守るため、双子の弟・ディーンに成りすまして皇都騎士団に入団する。翡翠色の目に琥珀色の髪を持つ美人だが、浮気をした婚約者を殴り飛ばす豪快さも持つ。

崖っぷち令嬢が男装したら、騎士団長に溺愛されました

コスタ家の跡取り

ディーン

アイリスとそっくりの双子の弟。騎士団に入る予定だったが、病気になって臥せっている。姉想いの優しい青年。

コスタ家の後見人

シレック

アイリス&ディーンの叔父。ふたりの両親が亡くなった後、その遺産で贅沢三昧に暮らす。コスタ家を乗っ取りたい。

騎士団での相棒

カイン

アイリスと同期の騎士団員。田舎出身の気がいい青年で、他の団員にからかわれるアイリスにも分け隔てなく接する。

レオナルドのよき理解者

カール

レオナルドと同じく、皇帝の側近である四天王のひとり。甘いマスクと柔和な雰囲気が特徴で、よくレオナルドのもとを訪れる。

レオナルドの側近

グレイル

皇都騎士団の副団長。女性に対して愛想のないレオナルドにやきもきはしつつも、彼に全幅の信頼を置いている。

アイリスのライバル!?

ジェフリー

アイリスと同期の騎士団員。名門騎士家系の出身で、同じ立場のアイリスに対して一方的にライバル心を燃やす。

崖っぷち令嬢が男装したら、騎士団長に溺愛されました

◆一．わけあり令嬢の事情

ここハイランダ帝国では年に一度、皇后陛下《こうごうへいか》主催の大規模な舞踏会が開催される。舞踏会の習慣がほとんどないこの国で、国内貴族への慰労と懇親の意味を込めて開かれるこの行事は特別なものだ。

会場は華やかな衣装を纏《まと》った人々の笑顔に溢《あふ》れ、毎年のように恋が生まれる。今年も、そこかしこから愛の言葉が聞こえていた。

そんな中、今年初めてこの舞踏会に参加したコスタ子爵家《ししゃくけ》令嬢、アイリス＝コスタはテラスで呆然と立ち尽くしていた。

「……え？」

「すまない。けど、俺にはアイリスを支えてゆける自信がない。婚約を解消してほしい」

久しぶりに顔を見た婚約者――スティーブンは、先ほどと同じ言葉を繰り返した。

「どうして？」

「どうしてって……。アイリスは俺のこと、好きじゃないだろう？　いつも弟にかかりっきりだし」

スティーブンがふてくされるように口を尖《とが》らせて返してきた言葉に、絶句してしまった。

政略結婚に恋愛感情が絡むことなど、滅多にない。それでも皆が、決められた将来の伴侶と寄り添おうと努力しながらやってゆくのだ。

「ディーンのことは、あなただってわかっているでしょ？」

「俺はもっと構ってほしかったんだよ！　そんなときに出会ったんだ。エリーナはアイリスとは違ってすごく俺に甘えてくれて――」

そこでようやく、スティーブンの背後にいる少女が目に入った。黒い髪に焦げ茶色の瞳、小動物を思わせるようなおどおどとした様子のその少女は、同性のアイリスから見ても庇護欲をそそる。

怯《おび》えた様子でこちらを見つめる少女を、スティーブンはアイリスから庇《かば》う。

少女は自らの腹部を庇うように、両手をあてていた。

その瞬間、アイリスはすべてを理解した。

「何が『支える自信がない』よ！　不貞を働いただけじゃない！　しかも正式な結婚前に子供を作るなんて！」

こんな男、こっちから願い下げだ。

勢いに任せて繰り出した右手は、見事に狙った場所に命中した。

ガシャーンと大きな音が闇夜に響く。

「きゃあ！　スティーブン様、大丈夫ですか？」

平手どころか拳《こぶし》で殴られ数メートル後ろにはじけ飛んだスティーブンを助け起こそうと、少女が駆け寄る。そのふたりの前に、アイリスは仁王立ちした。

「二度と私の目の前に現れないで。ふたりともよ！」

くるりと踵《きびす》を返すと、「なんて女だ」だとか「とんでもない乱暴者ですわ」という罵声が聞こえてきた。アイリスはそれを無視して会場へと戻ろうと歩き出す。

そのとき、入り口近くにひとりの男が立っているのに気が付いた。

女としては長身のアイリスでも首を反らせて見上げるほどに背が高く、茶色の瞳は猛禽《もうきん》類を思わせる鋭さがある。短い髪を後ろにさらりと掻《か》き上げ、腕を組み無言でこちらを見つめていた。

アイリスはその男をキッと睨《にら》み付けた。

「覗き見なんて趣味が悪いのね」

「後から来たのはお前達のほうだろう？」

低く、落ち着いた口調だ。

（後から来たのは私達のほう？）

確かにスティーブンとの会話中にテラスと会場を隔てる扉が開いた気配はなかった。

ということは、この男は最初からここにいたことになる。

（全然気が付かなかったわ。この人、全く隙《すき》がないというか、気配を感じない……）

しかし、今はそんなことはどうでもいい。

アイリスはその男をまっすぐに見上げた。

「言いふらすの？」

「何をだ？」

「今見たことよ。私がとんでもない乱暴者だって」

背後では未だにスティーブンと女が罵詈雑言《ばりぞうごん》を捲《まく》し立てている。男はそれを完全に無視し、無言でこちらを見つめたまま首を傾げる。

「言わないな。言う必要がないし、そもそもお前が誰か知らん」

そしてフッと笑みを漏らす。

「なかなかよい拳だったな」

アイリスはその男を見上げたまま、片眉を上げる。

「呆《あき》れてないの？」

「驚きはしたな。いくらあいつがひょろひょろしているとはいえ、男を吹き飛ばすほどの力で殴る女を見たのは、生まれて初めてだ」

大真面目な顔で頷《うなず》いて答える男を見ていたら、なんだかおかしくなってきた。

「今のことを秘密にしてくれたら、あなたがここでこっそりと休憩していることも黙っていてあげるわ」

「ほう？」

上質な黒い衣装から判断するに、この男はかなりの高位貴族だ。

顔つきは鋭さがあるもののとても整っており、服の上からでも引き締まった恵まれた体躯《たいく》をしていることが予想できる。

きっと、次々に寄ってくる周囲の貴族から逃げるためにここにいるのだろうとアイリスは判断した。

一方の男は、面白いものでも見つけたかのようにアイリスを見返す。

「お前は会場に戻るのか？」

「もう、帰るわ。こんな場所、いても楽しくないもの」

「それには同感だ。俺も帰るとしよう」

アイリスは目をぱちくりとさせて、遂には耐えきれずにくすくすと笑い出す。

「おかしな人」

「お前ほどではないな」

「ふっ、ふふふ……」

ずっと憧れていた舞踏会での手痛い仕打ちに沈んだ気持ちが、なんだか軽くなったような気がした。

◇◇◇

——ハイランダ帝国暦二二一年、冬。ハイランダ帝国コスタ領にて。

アイリスはハイランダ帝国の片田舎に居を構える、コスタ子爵家の長女として生を受けた。兄弟は双子の弟——ディーンのひとりだけだ。

コスタ子爵家は子爵家ではあるものの、領地は猫の額ほどしかない。元々はただの騎士爵だったのが、何人かの先祖が戦争で大きな功績を挙げたことで徐々に爵位を上げ、今の地位になったからだ。

父はコスタ家の男らしい大柄で屈強な男性で、普段は皇都にいて近衛《このえ》騎士団長として働いていた。いつも厳しい表情をして眉間に皺《しわ》を寄せており、娘のアイリスですらあまり笑顔を見たことはない。

逆に母は明るく朗《ほが》らかな人で、いつも笑顔だった。

アイリスはこのふたりを足して二で割ったらちょうどいいのに、と本気で思っていたほどだ。

『姉さん、勝負をしましょう』

『望むところよ』

その知らせが来たのは、いつものように弟のディーンと剣の手合わせをしているときだった。

幼い頃のアイリスの遊びといえば、ディーンとの剣の手合わせがほとんどだった。

コスタ子爵家の将来の当主であるディーンは幼少期から厳しく剣の訓練を受けており、アイリスはひとりで待っているのも暇だったのでいつも一緒に剣の指導を受けていた。

暇というのは実は方便で、本音を言えば一応自分のほうが姉なのだから、弟に剣で負けるのが面白くなかったというのもある。

『お母様、今日も僕が勝ったよ』

『もう、ディーン！　そんなことは報告しなくてよくってよ！』

模擬剣を握りしめながら笑顔で母に走り寄る弟のディーンを、アイリスはむくれ顔で追いかける。

しかし、いつもならくすくすと笑いながらアイリス達を見守っている母に笑顔がないことに気付き、足を止めた。

母はこちらまで歩み寄ると、少し屈《かが》んでアイリス達と目を合わせる。

『よく聞きなさい。皇都でクーデター未遂が起きたの。お父様が率いる近衛騎士団は懸命に陛下達をお守りしたのだけど、人数が全然違って――』

――お父様は亡くなったのよ。

母の言葉は、どこか別の世界の話を聞いているかのようで現実感がなかった。

けれど、生活の変化はすぐにやってきた。

使用人は最低限に減らされて、母は少し離れた場所にある商家に家庭教師として働きに出た。父は皇族を守るために殉職したとしてコスタ家には国から多額のお見舞金が支払われたらしいけれど、それでも大きな屋敷を維持し続けるのは限界があったのだろう。

しかも、アイリスとディーンはそのとき、まだ十一歳の子供だったのだから。

不幸というものは、なぜこうも続くのだろう。

十四歳になったとき、家庭教師先へ行くために母が乗った馬車が脱輪し、転倒事故を起こした。打ち所が悪かった母は、医者の懸命な処置にも拘《かか》わらず帰らぬ人となった。

大きな屋敷にアイリスとディーンのふたりきり。

残ってくれたのは、代々コスタ子爵家に仕える僅《わず》かな使用人だけだった。

そんなある日、その男は現れた。

部屋でディーンとふたり、本を読みながら自主学習をしていると怒鳴るような声が聞こえたのだ。恐る恐る階下へと降りると、家令のリチャードと知らない男の人が向き合っていた。

『誰?』

ディーンと寄り添ってそちらを窺《うかが》い見る。アイリス達に気付いた男は、途端に表情を和らげた。

『やあ、会いたかったよ、可愛い子供達。私は君達の叔父のシレックだよ。君達のお父さんの弟だ』

リチャードに何かを怒鳴っていたその人——シレックは、アイリスとディーンを見るとにこやかに笑って両腕を広げた。

父の弟と聞いても、ぴんとこなかった。焦げ茶の髪と瞳は確かに父と同じだったけれど、それ以外はちっとも似ていなかったから。

引き締まった体躯で凛々《りり》しかった父に対し、シレックのお腹は妊婦のように突き出ていた。中には何が入っているのだろうと不思議に思ったほどだ。

『ふたりきりでは大変だろう？　叔父さんが来たからにはもう大丈夫だよ。これからは後見人として助けるから、安心するといい』

後見人がどういうものかはよく知らないけれど、どうやら両親が亡くなって仮のコスタ子爵となっているディーンを補佐する立場なのだということはわかった。

（叔父さんがいてくれるなら、もう大丈夫よね？）

不安そうにシレックを見つめる弟の手を、アイリスは安心させるようにぎゅっと握りしめた。

（それなのに、これはどういうことなの？）

アイリスは手元の書類を見て、はあっと息を吐く。

コスタ子爵家の財政状況を示す帳簿には、多額の支出を示す数字が並んでいた。挟まっている請求書の明細には、高級紳士服にドレス、貴金属、酒、……。

どれもアイリスには覚えのないものだ。

きっと、屋敷の誰に聞いても覚えなどないだろう。

「お嬢様。シレック様がお越しです」

今も屋敷に残る数少ない使用人のひとり、レイラが部屋の扉から顔を覗かせる。アイリスは眺めていた帳簿をテーブルの上に置いた。

「ちょうどよかったわ。私も、叔父様に聞きたいことがあったの」

すっくと立ち上がると、叔父のシレックが待つ応接間へと向かった。

アイリスが応接間の前に到着したとき、シレックは家令のリチャードに不満を述べているところだった。

「なんだ、この安物の茶は？ 当主の後見人が来たのだぞ？ 珍しい蒸留酒のひとつを若い娘に用意させるくらい、気を配ることはできないのか？」

リチャードは口答えすることもできず、平身低頭して詫《わ》びていた。相変わらずの様子に、アイリスは内心でため息をつく。

「叔父様」

アイリスはシレックに声をかける。〝いらっしゃいませ〟という歓迎の言葉は決して口にしない。

「我が家は今、両親の残してくれた僅かな遺産を取り崩して暮らしております。高級茶を常時用意しておけるほどの余裕がないことはご理解くださいませ」

「おお、アイリス。少し見ない間に一段と美しくなったな」

シレックはアイリスの言葉を完全に無視するかのように両腕を広げて大袈裟に喜ぶ仕草をした。アイリスは儀礼的な挨拶を返すと、ローテーブルを挟んで叔父の正面に座る。

シレックはアイリスのその様子に、鼻白んだような表情を見せる。

「叔父様。確認したいことがございます」

「なんだい？」

「先月なのですが、高級紳士服にドレス、貴金属などたくさんの支出がありました。ディーンはあの調子なのでもちろんのこと、私も作っておりません」

ああそれか、とシレックは頷く。

「私はコスタ子爵家の当主の後見人をしているからね。その私がみすぼらしい格好をしてみろ。周囲からコスタ子爵家が没落しているとあらぬ誤解を招きかねない。そんなことはさせられないからね、これは必要経費だ」

「それにしても、多すぎるのでは――」

コスタ子爵家ではぎりぎりまで支出を抑えている。アイリスの社交界デビューのドレスですら、母の遺品から一番綺麗だったものを繕《つくろ》って着たのだ。

「アイリス」

シレックの声が一段低いものへと変わる。

「お前はまだ社交界にデビューしたばかりのひよっこだ。だから、何もわかっていないのだよ。叔父さんに任せておけば間違いはない」

「でも……」

社交界デビューは十六歳で行う。アイリスも先日の舞踏会で社交界デビューしており、大人と認められてもいいはずだ。

シレックはあからさまに不機嫌そうに両手を振った。

「そんなつまらない話はお終《しま》いだ。お前はそんなことだからヘンセル男爵家の子息にもそっぽを向かれたのだ。なんでも、舞踏会の会場で暴力を振るったらしいな?」

「それは……」

アイリスは言葉を詰まらせる。

ヘンセル男爵家の子息とは、元婚約者のスティーブンのことだ。

あの舞踏会翌日、ヘンセル男爵家からは正式に婚約破棄の通達が来た。

ヘンセル男爵は内出血で真っ青に腫《は》れ上がった息子の顔を見てたいそう立腹し、今回の婚約破棄はスティーブンの不貞とアイリスの暴行が相殺されて慰謝料なしということになっている。

「それよりも、舞踏会の会場でこんな暴行騒ぎを起こしては、もう嫁のもらい手もないだろう。だから、叔父さんがとっておきの縁談を持ってきた」

そう言うと、シレックは懐《ふところ》から真っ白の封筒を取り出した。

「縁談？」

この叔父が何か心配をしてくれたことなんて、ただの一度だってなかった。この人がするのは、搾取だけだ。

そう知っているだけに、アイリスは嫌な予感がした。

「ああ。アイリスもいつまでも家にいるわけにはいかないだろう？　可愛い娘がよい家に嫁げば、兄上も天国で喜ぶだろう」

封を切り、中を確認すると折りたたまれた上質紙が入っていた。それを開き文面を確認し、アイリスは目を見開いた。

「『ジェーント商会』の会長？」

「ああ、そうだ。少し歳は離れているが、立派な商会の会長だぞ。こんなにいい話はない」

何が〝少し〟だ。

ジェーント商会の会長は、アイリスの記憶では齢六十近いはずだ。

祖父と孫ほども離れているではないか。それに、ジェーント商会といえば周囲の小売店を恐喝まがいの方法で次々に廃業に追い込んでいると悪い噂《うわさ》の絶えない商会で、その会長については言わずもがなだ。

「もちろん受けるだろう？」

アイリスは返事せずに、上質紙を元のように折りたたんで封筒にしまった。

「……急すぎて、お答えできかねます。ディーンにも相談しないと。あの子だって社交界デビューできていないだけでもう十七歳になったのだから、一人前ですわ」

「一人前？　これは驚いた。あの体でどうやって子爵家当主としての役目を果たすんだ。ベッドの中では社交も仕事もできないぞ。ましてや騎士になど、なれるはずもない」

シレックは少し小ばかにしたように、鼻で笑う。

「きっと、すぐに元気になりますわ！　それに私、先日皇都を訪れた際に仕事を見つけたのです」

「仕事だと？」

シレックは訝《いぶか》しげに眉を寄せる。

「はい。家庭教師ですわ。貴族のお屋敷ではございませんが、よい給金で募集しているのを見かけまして、応募したら採用されたのです。だから、結婚はしばらく無理ですわ」

「なぜ私に断りなく、そんな勝手なことをした？」

その声から強い怒りを感じて、アイリスは震えそうになる。

けれど、ここで引き下がるわけにはいかないと自らを奮い立たせる。自分がしっかりしないと、コスタ子爵家の未来はないと思ったのだ。

「私ももう大人です。自分のことは自分でいたしますわ」

「自分のことは自分で？　どの口が言うのか。ディーンの看病の手配も、私がしているというのに！　アイリスはまずは素直に感謝の気持ちをきちんと伝えられる人間にならねばならないね。ご両親も天国で泣いているだろう」

「それは……」

アイリスは唇を噛み、ぎゅっと手を握りしめる。

「せっかくよくしてやっているのに、興をそがれた。私はディーンの顔を見て失礼する。ああそうだ、薬はしっかりと飲ませるように。なにせ、大事なコスタ子爵家の当主、兄上の忘れ形見だからね」

目の前に座るシレックは不機嫌そうに吐き捨てると、部屋を出て行った。

バシン、と激しい調子で扉が閉められ、大きな音が響く。

部屋に静謐《せいひつ》が訪れ、壁際に置かれた置き時計の規則正しい音が大きく聞こえた。

「お父様、お母様。私は、どうすればいいの……?」

アイリスはひとり残された応接間で、途方に暮れて顔を覆った。


叔父が帰った後、小さな手作りケーキを載せたお皿とティーセットを持って、アイリスはディーンの部屋へ向かった。

部屋の扉をノックすると、「どうぞ」と弱い声がする。ベッドの上で半身を起こしたディーンがこちらを見つめていた。

「ディーン、加減はどう?」

「まあまあかな」

ディーンは力なく笑う。その青白い顔を見て、アイリスは眉根を寄せた。しかし、気を取り直してベッドサイドへと歩み寄った。

「お誕生日おめでとう、ディーン。今日で十七歳だわ」

「ありがとう。姉さんもお誕生日おめでとう」

「今日はね、ケーキを焼いたの。ディーンの好きなチーズケーキよ。お祝いに一緒に食べましょう？」

アイリスはトレーに載せたケーキの皿をディーンに差し出す。ディーンは微笑んで「ありがとう」と言った。

「さっき、シレック叔父さんが来ただろう？」

「ええ。何か言われた？」

アイリスは恐る恐るディーンに聞き返す。

先ほどシレックに縁談を持ちかけられ、断るために咄嗟《とっさ》に『家庭教師の職を見つけた』と言ってしまった。けれど、そんな話はない。そのことについて、ディーンが聞いたのかと思ったのだ。

「この機会に子爵位を叔父さんに譲渡してはどうかと」

「なんですって！」

アイリスは驚きのあまり大声をあげ、慌てて口を塞《ふさ》ぐ。ディーンはそんなアイリスのことを見つめ、困ったように眉尻を下げた。

「僕はこの通り、寝たきりだろう？　もう働いていていい歳なのに、騎士はおろか子爵としての役目も果たせない。シレック叔父さんに爵位を譲らないかと言われたんだ。そうしても、屋敷の者達を悪いようにはしないと——」

「だめよっ！」

アイリスは思わず大きな声で否定する。

あの叔父に爵位を渡す？　とんでもないことだ。

一年以上に亘り病床に伏せっているディーンは、コスタ子爵家の財政事情について何も関わっていない。叔父が〝後見人〟という言葉を盾にコスタ子爵家を食い物にしていることを知らないのだ。

(だから私のことも急いで嫁に出そうとしていたのね……)

先ほどの態度も腑に落ちる。手っ取り早く、金持ちの家の後妻にしてしまえば厄介者を追い出せるだけでなく、そこからも金をせびれるから……。

「だめよ、ディーン。そんなことをしたら、天国のお父様とお母様も悲しむわ。ディーンはすぐに元気になるから大丈夫よ」

「でも……」

「大丈夫、姉様を信じて。私ね、先日皇都に行った際に仕事を見つけたの。とてもよい給金をもらえるのよ。だからディーンが元気になるまでの間くらい、なんとでもなるのよ」

アイリスはディーンを励ますように笑いかける。

握った手は、女のアイリスと変わらぬ細さだった。

アイリスの目に映るのは、自分と同じ緑色の瞳に琥珀《こはく》色の髪の、線の細い儚げな少年だった。

「だから、もうそんなばかなことを考えてはだめよ。春になれば、ディーンは元気になって騎士団に入るのだから。さあ、お誕生日のお祝いに一緒にケーキを食べましょう?」

アイリスはディーンに笑いかける。

それは、たったふたりきりの、ささやかな祝宴だった。

部屋に戻ったアイリスは、じっと考え込んだ。

家庭教師の職など、本当はない。けれど、どうにかしないとコスタ子爵家はあの叔父に乗っ取られてしまうだろう。

考えても考えても名案は浮かばない。

代々騎士として仕える家系の子供はハイランダ帝国の騎士団に入団するのが基本だ。

本来であれば、ディーンもこれに従い、次の春の新入団員として入団するはずだったので、あの叔父の後見人期間も終わるはずだったのだ。

「……そうだわ」

アイリスの中にひとつの考えが浮かんだ。

「私がディーンが元気になるまでの、繋ぎ役になれば……」

これはとても危険な賭けだ。アイリスがディーンを名乗り騎士団に入り込み、働く。

幸いにして、アイリスとディーンは性別が違うけれどもとてもよく似た姉弟だった。髪色や目の色だけでなく、ふたりはその雰囲気が似ていると言われる。

身長に差はあるけれど、アイリスも女性としては長身なのでさほど不審がられないだろう。

ディーンが元気になったタイミングで異動希望を出してコスタ領に戻れば、周囲の人間は全員替わるので、誰にも悟られずに入れ替わることも可能なはずだ。

「できるかしら……」

うまくいけば、アイリスはお金を稼ぎつつ、ディーンが元気になるまでの時間稼ぎをすることができる。しかし、失敗すればコスタ子爵家は当代でその歴史に幕を下ろすことになるかもしれない。

怖い。怖かった。

自分の判断ひとつですべてが変わってしまう。

けれど――。

「叔父様に爵位を譲っては、コスタ子爵家などなくなるも同然だわ」

それは十七歳の少女には、重すぎる決断だった。

その日の晩、アイリスは、鏡台の上に置かれた髪飾りを静かに見つめていた。

精緻《せいち》な金細工の中央には、緑色の翡翠《ひすい》が輝いている。

『これはね、お父様からいただいたの。いつかアイリスも大きくなったら、あなただけの素敵な騎士様が現れるわ。そして、素敵な髪飾りを贈られるわ。だって、こんなに綺麗な髪なのだから』

優しかった母はアイリスの髪を結いながら、よくそう言って笑った。宮殿では、年に一度だけ、皇后様が主催する、国中の貴族が集まる舞踏会があるのだと。

母が婚約者である父と初めてふたりでその舞踏会に参加したとき、父はこれを母に贈ったそうだ。

(あの堅物でいつも眉間に皺を寄せていたお父様が髪飾りを贈るなんて。いったいどんな顔をして選んだのかしら?)

それを想像するだけで、自然と笑みが漏れた。

——いつか自分も素敵なドレスや美しい宝石を身につけて、隣には大好きな人がいて……。

そんな未来をあたり前のように思い描いていたあの頃は、今思えば人生で一番幸せだったのかもしれない。

「実際にもらったのは、プレゼントどころか婚約破棄の言葉だったわ」

自嘲気味な笑いを漏らし髪飾りから目を逸らすと、今日のお昼に渡されたばかりの白い封筒が目に入った。

それを見た瞬間、現実に引き戻されたアイリスは目を閉じて天を仰ぐ。

腰まで伸びた髪に手を触れると、それはさらさらと指の間からすり抜けた。この国の人間にしては薄い色合い、琥珀色の髪は、日の光を浴びると金色にも見える。

皆から美しいと褒《ほ》められる、アイリスの自慢のひとつだった。

「大丈夫、私にはできるわ。大丈夫よ」

毎日の家事で荒れてしまった手にナイフを握ると、意を決して強く引く。ざくっと音がしてはらはらとそれが床に落ちた。焦げ茶色の木の床に、波のような模様ができる。

そのときだ。背後でガシャーンと大きな音がした。

振り向くと、侍女のレイラが茶色い目を大きく見開いたまま立ち尽くしている。

「お嬢様！　何をなされているのですか！」

レイラは半ば悲鳴にも近い声をあげた。真っ青になってアイリスのもとに駆け寄ると、「なんてことなの……」と呟《つぶや》き、両手で口を覆った。

「お美しい髪がこんなに……」

へなへなと座り込んで呆然とするレイラの前に、アイリスは膝をついた。

「ディーンがああなってしまっている以上、これしか方法がないの。スティーブン様との婚約も破棄された今、誰も助けてくれないわ。レイラもわかっているでしょう？」

「でも、それではアイリス様のお幸せは……」

アイリスは目に涙を浮かべるレイラの口元に人差し指を添える。

「このままでいても幸せなど来ないわ。私の幸せは、無事にあの子を立派なコスタ家の当主にすること。お願い、応援して？　そうでないと私、ひとりでは立てなくなりそうなの。今だって怖くて足が震えそうだわ」

レイラは大きく目を見開いてアイリスを見つめる。そして、こぼれ落ちそうになっていた涙をぐいっと拭《ぬぐ》った。

「わかりました」

力強く頷くレイラを見つめ、アイリスは微笑む。

「ありがとう。いいわね？　元気でお転婆なアイリス＝コスタはいなくなったわ」

アイリスは目を閉じ、覚悟を決めるように深く息を吸う。もう、後戻りはできない。

「これから先、私は外では別人として生きる。あの子が元気になるまでよ。私は――」

「あなたは――」

レイラの声が震える。

「コスタ子爵家当主、ディーン＝コスタ」

その日、コスタ子爵家の令嬢、アイリスは女としての人生を捨てた。

皮肉にもそれは、本来であれば社交界デビューを終えたアイリスの嫁入り準備に大賑《にぎ》わいとなるはずの十七歳の誕生日だった。

◆二．皇都騎士団への入団

あっという間に騎士団入団の日はやってきた。

皇都はコスタ子爵家がある郊外の町からは馬車で二時間かかる距離だ。町外れにある辻馬車乗り場で馬車を降りたアイリスは、地図を頼りに歩き始める。

コスタ子爵家当主として恥ずかしくないよう、服装は屋敷に残っていたディーンの服の中で上等なものを着てきた。荷物は手に抱えられる最低限度のものしか持っていない。

（この前来たときは気が付かなかったけれど、皇都って賑やかなのね。すごい人）

コスタ領ではまず見なかった人の多さに、アイリスは圧倒される。

どこを見ても人が行き交い、そこかしこから威勢のよい客寄せの声が聞こえる。本当に賑やかだ。

目的の騎士寮へと向かう途中、ふと一軒の店が目に入った。木製の看板に薬草の絵が彫られているところから判断すると、薬屋のようだ。

「薬屋さん……」

アイリスはその店を眺める。

さほど大きくはない二階建ての建物の一階が店舗になっているようだ。

ドアの横のガラス窓越しに、何人かお客さんがいるのが見える。こんなに繁盛しているなんて、きっとさぞかし効き目のよい薬を売っているに違いない。

「ディーンに買って、送ってあげようかしら」

ディーンは体調を崩し始めた頃からずっと、叔父のシレックが手配した治療薬を服用している。しかし、定められた用量を服用してもよくなる気配はなかった。むしろ、徐々に体調は悪い方向に向かっている。

アイリスは大通りに設置されている時計を見た。

（まだ一時間以上あるから平気よね？）

余裕を持って来たので、集合時間まで時間もある。

（よし、そうしよう！　皇都の薬を飲んだらディーンも元気になるかも！）

お金はそんなに持っていないけれど、少しの薬くらいならなんとかなるはずだ。そう決めてアイリスは店内に入る。

「いらっしゃいませ！」

入り口を開けるとチリンとベルが鳴り、それに合わせて明るい声が聞こえてきた。

カウンター越しにこちらを見つめるのは、ふわふわの金髪にピンク色の瞳という見たこともない色合いの髪と瞳をした可愛らしい女性だった。

小柄な体格がまるで小動物を思わせ幼く見えるが、落ち着いた雰囲気から判断すると実際の年齢はアイリスより上かもしれない。

「初めてのお客様ね。今日はどうしましたか？」

「あの、私ではなくって弟なんですけれど――」

「弟さん？　風邪でもひいたの？」

「風邪ではなくて――」

アイリスは、ディーンの症状を話した。

歩くとしんどさを感じ、常にだるいと倦怠感《けんたい》を訴えること。

胃が重く、食欲がないこと。

段々と痩せてきて、最近はベッドから起き上がることもままならなくなってきていること。

「うーん、何かしら？　ご本人を診られれば一番いいのだけど……」

「本人は田舎にいるのです」

「お医者様にはかかっているのよね？　今、何か薬は飲んでいるの？」

「はい」

「そう。なら、治療薬ではなくて補助的に体力回復を助けるものなんてどうかしら？」

薬師の女性はくるりと後ろを向くと薬瓶がたくさん並んだ棚を眺め、そのうちのひとつを棚から取る。

どうやら聞いたこともない症状だったらしく、残念ながら特効薬は買えなかった。代わりに、体力回復を助ける栄養補助剤を処方された。

「効果がなかったら言ってくださいね」

「はい。ありがとうございます」

アイリスは会釈《えしゃく》すると、その薬屋を後にする。

（親切な人だったな。いいお店を見つけられたかも）

今さっき受け取った薬入りの紙袋をぎゅっと抱きしめる。騎士寮に着いたら、無事に着いたという手紙を添えてこれを送ろう。

薬屋を振り返りつつ歩き出したそのとき、ドンッと誰かにぶつかってアイリスは体をよろめかせた。

「あ、ごめんなさいっ」

よそ見をしていて前を見ていなかった。

慌てて謝罪したアイリスは、目の前の小汚い男の不自然な動きに違和感を覚えた。

アイリスが謝っているにも拘わらず、こちらを一切見ずになぜか後ろを気にしているのだ。

「誰か！　泥棒だ！　財布を盗られた。そいつを捕まえてくれ！」

「え？　泥棒？」

向こうから誰かの叫び声が聞こえ、目の前の男が慌てて走り始める。

（泥棒って、もしかしてこの人のこと？）

アイリスは慌ててその男を追いかけた。足の速さには自信があるのだ。

「待ちなさいっ！」

ようやく追いついたところで、男が振り返る。

ふたり組のようで、少し前を走る別の男も立ち止まってこちらを向いた。

（二対一か。分が悪いわね。でも、なんとかなるわ）

アイリスは素早く周囲に視線を走らせて剣の代わりになるものを探し、近くに置いてあった箒《ほうき》を手に取って構えた。

男のひとりがアイリスを見下ろして「ふんっ」とせせら笑う。

「なんだ。追いかけてくる気配がしたから逃げたら、ただのガキじゃねえか。ガキは大人しく家で寝てな」

次の瞬間、男は拳を振り上げて殴りかかってきた。

アイリスは咄嗟に身を翻《ひるがえ》してそれを避けた。そして、持っていた箒を剣に見立てて空いていた脇腹に思いっきり打ち付ける。

そのままの勢いで、もうひとりの男にも回し蹴りを食らわせた。

男達は一見すると小柄な少年にしか見えないアイリスのことを完全に舐《な》めていたようで、その一撃は見事に顔面に命中した。ふらついた男が無様に仰向けに倒れる。

「盗んだものを返しなさい！」

アイリスは男の前に仁王立ちする。

「わかったよ、勘弁してくれ」

倒れた男のひとりが情けない顔をしながら懐に手を入れ、立ち上がる。

ホッとした瞬間、アイリスは体を強ばらせた。

男の手には、財布ではない光るものが握られていたのだ。

(刃物だわ。避けられないっ！)

そう悟ったアイリスがぎゅっと目を瞑《つむ》ってその痛みを受け止めようとしたとき、異変が起きた。

「ぎゃあぁぁ」

自分ではない悲鳴がすぐ近くから聞こえてきたのだ。

恐る恐る目を開けると、アイリスに短剣を向けた男が地面に倒れているのが見えた。

そしてその男とアイリスの間に、別の男が立ち塞がっている。

「俺の管轄地で不義を働こうとするとは、いい度胸だな？」

自分が言われたわけでもないのに、ぞっとするような恐怖を感じた。

全身に鳥肌が立つような威圧感だ。

アイリスは突然目の前に現れた男の後ろ姿を見つめた。

短めの髪は焦げ茶色で、少し伸びたえりあしの髪が立襟にかかっている。服の上からでも体格のよさが窺える広い背中を包むのは黒い上着。その肩には金の装飾が施されており、身長はアイリスよりもひと回り以上高い。

そして、手には立派な剣が握られ、その刃先は血に濡れていた。

（この人は、軍人？）

バサリと羽ばたくような大きな音が聞こえ、ハッとして空を見上げる。

上空には、見たこともない不思議な生き物が旋回していた。

鳥のように飛んでいるのに、鳥ではない。

まるでコウモリのような翼を広げた姿は優に二メートル以上はありそうに見え、二本の足には鋭い爪が生えている。そして、その体はグレーの鱗《うろこ》に覆われており、トカゲのようだ。

「何、あれ……」

生まれて初めて見る生き物を呆然と見上げるアイリスの前で、長身の男性は盗人を足で押さえつけたまま、地面に落ちていた小石を拾い、それを逃げようとしていたもうひとりの男に投げつけた。見事に片足に命中した弾みで、逃走中の盗人が躓《つまず》いて前に倒れる。

「捕《と》らえろ」

いつの間に来たのか、周囲から騎士が数人現れて、あっという間に盗人達を捕らえていった。それを見送ると、ようやく男はアイリスのほうを振り返る。

「大丈夫か?」

「あ、ありがとう」

こちらを向いた男性の顔を見たアイリスは、目を見開いた。

(この人、舞踏会で会った人だ……)

一方の男は一瞬だけ目を見開いたように見えたが、すぐに元の表情に戻った。以前と違い、アイリスがバッサリと髪を切り男の格好をしているので、気付いていないのだろう。

「震えているくせに、無茶をする」

「あ……」

アイリスはそこで初めて、自分が小さく震えていることに気が付いた。

捕らえられた盗人の体は、血で真っ赤に濡れていた。アイリスを刺そうと襲いかかってきたときに、助けに入った目の前のこの男が切りつけたのだ。

アイリスはディーンと共にずっと剣の真似事をしてきたが、本物の剣を使った実戦をしたことがない。

初めて見る真剣での戦いに、背筋が冷たくなるのを感じた。

（この人が助けてくれなかったら、刺されて死んでいたかも……）

男は、冷ややかな眼差しでアイリスを見下ろしてきた。

「その勇敢さは素晴らしいが、勇敢と無謀は隣り合わせだ。そして無謀はときに命取りになる。よく覚えておけ」

「ごめんなさい、放っておけなかったの。助けてくれてありがとう」

男の言う通りだった。だからこそ、反論ができずにアイリスは俯《うつむ》く。

実戦をした経験がないくせに、大丈夫だと甘く見ていたのだ。

「いや、こちらこそ盗人の捕獲に協力してくれて助かった。礼を言おう。今後はこういうことは皇都騎士団に任せて——」

男がそう言いかけたとき、アイリスはハッとした。

「皇都騎士団？　あっ。あ——‼」

皇都騎士団！　今日が入団式なのだ。

薬屋に入るときにあと一時間あると思っていたけれど、既にぎりぎりの時間になっているはずだ。

（急がなきゃっ！）

こんなところで油を売っている場合ではない。アイリスはすぐに道端に放り出していた自分の荷物を拾う。

「助けていただきありがとうございます。申し訳ありませんが行かなくてはっ！」

「え？　おいっ！　怪我はないか？」

背後で、男が焦ったように叫ぶ。

「大丈夫ですっ」

アイリスは一度だけ振り返ると、そう叫ぶ。

ぺこりとお辞儀をすると、一目散に走り出した。

そうしてなんとか滑り込みセーフで参加した入団式。

アイリスは先ほど寮母から渡された真新しい騎士団の制服を着て、指定された位置に立った。

（さすがに皆、腕が立ちそうね）

アイリスは周囲に視線を走らせる。

皇都騎士団は数多くいる騎士の中でも最も優れた技能を持つ者だけが入団できる、エリート集団だ。知・体・技のいずれかひとつでも欠けていてはここに入ることは許されない、まさに限られた精鋭達なのだ。

新人団員は全員が全員、背が高く体格がよかった。しなやかながら引き締まった体躯からは、既に相当の研鑽《けんさん》を積んでいることが予想できた。

さほど待たずに式が始まり、第三師団長を名乗る人物が開会の辞を述べる。

「ハイランダ帝国の皇都騎士団へようこそ。諸君を歓迎する。今日はまず、君達の先輩騎士と手合わせをしてもらう。その上で適性を見て正式な配置を決め、皇帝陛下からの叙任式は三日後だ」

初日から手合わせをしろとは、想像以上にこの騎士団は厳しそうだとアイリスは気を引き締める。

皇都騎士団には第一師団から第五師団までの五つの師団がある。実戦の様子を見てその五つのうちどこに配置するかを決めるということのようだった。

ちなみに、第一師団は宮殿の中枢部を警備するので皇帝にお目にかかることもでき、特に人気が高い。

そして、第五師団は町中の警備、ならず者を捕らえる仕事などをするので新人騎士の間では外れとされていた。

全員が一旦、闘剣場へと向かう。自分の出番以外は座って静かに観戦するように指示されたので、アイリスは空いている席に腰を下ろした。

「ここ、いいか?」

「どうぞ」

アイリスはひとりの男に声をかけられて、そう答える。

「俺はカインだ」

隣にドサリと座った若い男が、にこりとアイリスに笑いかける。黒髪に黒目の大柄な男で、日に焼けて男らしく凜々しい雰囲気を纏っていた。

「はじめまして。ディーン＝コスタです」

そのとき、背後の席から不機嫌そうな声がした。

「コスタ？　どうりで場違いな奴がいると思ったらコネか。子供が来る場所じゃねーぞ」

ちっと舌打ちする音が聞こえて振り返ると、不機嫌そうに口元を歪《ゆが》めた男がいた。

この国ではよく見る茶色い髪に茶色い瞳で、凡庸な顔立ちをしている。

「子供ではありません。十七歳です」

アイリスはムッとしてそう答えた。

「声まで女みたいに高いな」

小ばかにしたような物言いに、周囲から失笑が漏れる。確かに、アイリスは今日ここに集まった十数人の中で一番小柄だった。声も高いことは否定しない。

だって、本当は女だし。

「お前みたいなひ弱な奴が交じると、代々騎士をしている連中みんなが役立たずみたいに見られて迷惑なんだよなー」

アイリスは何も答えず、ため息交じりにそう漏らした目の前の男を観察する。今の物言いだと、この男も代々騎士家系出身なのだろう。

コスタ子爵家もそうだが、代々騎士家系の家門の者は、本来なら何段階もの選抜がある入団試験が免除される。だがこの男は、「自分はコネではなく、事実としてこの騎士団に入る実力がある。だからアイリスとは違う」と言いたいらしい。

「私はディーン＝コスタです。あなたは？」

「俺はジェフリー＝エイル。エイル子爵家の三男だ。ちなみに、兄上達も皇都騎士団でひとりは第一師団長、もうひとりは第三師団の副師団長をしている」

目の前の男――ジェフリーは自慢げにそう語った。

エイル家とはコスタ家同様に代々剣で身を立てている名門騎士家系だ。話には聞いたことがある。兄達の活躍を聞く限り、家名の七光りではなく実力も伴っているのだろう。

「そうですか。これからよろしくお願いします」

できるだけ目立ちたくないアイリスはあたり障りのない返事をして、前に向き直った。「なあ」と隣に座るカインが声をかけてくる。

「よく知らねえんだけど、エイル家って有名なのか？」

「名門騎士家系です」

「ふうん。俺は平民出身だし、田舎者だからよくわかんねえや」

カインはそう言うと、ハハッと豪快に笑った。

アイリス達の相手をしたのは去年入団したばかりの若手団員だった。ただ、流石は実地で経験を積んできただけある。一年しか変わらないにも拘わらず、誰ひとりとして敵わない。

最も接戦したと思われるカインも、惜しいところで腹に剣を受けて負けた。

「次、ディーン」

アイリスは名前を呼ばれ、緊張の面持ちで闘剣場の中央に立った。

以前は弟のディーンの剣の練習相手をしていたが、ディーンが体調を崩してからは自分で素振りをするだけだった。ディーンに成り代わることを決めてからは朝から晩まで訓練を積んだが、それでも限界がある。

「始め！」

試合開始の声が響き、アイリスは即座に身構える。

相手の騎士はかなりのスピードだったが、ディーンとそこまでは変わらないように感じた。だが、問題は力の差だ。打ち合いになれば女であるアイリスは圧倒的に不利なので、アイリスは剣を受け流しながら後ろに下がった。

「一回も攻撃できないうちに、もうあんなに後ろに追いやられてるぜ」

嘲笑するようにジェフリーが隣の新人騎士に言うのが聞こえたが、アイリスは無視してその太刀筋だけに集中し、目を凝らした。

（いけるっ！）

一瞬の隙を見つけ剣を下ろした瞬間、相手が身を捩《よじ》って僅差で避けられる。アイリスの剣は空を斬り、代わりに腹に鋭い痛みを感じた。

「勝負あり」

見学していた幹部達が何かを囁《ささや》き合う。今の剣技で配属先の審査をしているのだ。

「……ありがとうございました」

アイリスは自らの不甲斐なさに俯くと、唇を噛んだのだった。

◆三．皇都騎士団長レオナルド

ハイランダ帝国の皇都騎士団は数多い騎士の中でも腕の立つ者のみが配属されるエリート集団だ。二十六歳にしてその頂点に立つ皇都騎士団長――レオナルドは、ハイランダ帝国軍の若き副将軍でもある。

二メートル近い大きな体に引き締まった筋肉のついた恵まれた体躯、しっかりと上がった眉に猛禽類を思わせる鋭い茶色の瞳。焦げ茶色の少し癖のある短髪はすっきりと後ろに流し、軍人然とした風貌をしている。

皇都を守る守護神に相応《ふさわ》しい凛々しい男で、特に皇帝から信頼の厚い他の三人の側近と共に〝ハイランダ帝国の四天王〟とも呼ばれていた。

一方で、レオナルドは軍人にありがちな無口で愛想の欠片《かけら》もない男だった。

それはもう、周りがやきもきするくらいに。

「あのっ、レオナルド様。よろしければこれを」

この日、皇都騎士団の公開訓練の視察を終えて場所を移動しようとしていたレオナルドを、ひとりの令嬢が呼び止めた。

腰まである薄茶色のストレートヘアに花の髪飾りを付け、淡いピンク色の春らしいドレスを身に纏った可愛らしい少女だ。そして、その細く白い手にはハンカチーフのようなものを握っていた。

レオナルドはそちらをチラリと見ると、すぐに目を逸らした。

「いらん。訓練の邪魔だから帰れ。団員の気が散る」

冷たくあしらわれた令嬢は傷ついたように瞳を潤ませた。

ひぃっ、と周囲の部下達が青ざめる。

だが、肝心のレオナルドは既に言うべきことは告げたとばかりにご令嬢のほうを見向きもしないので、それにすら気付いていないだろう。

「ちょっ。閣下《かっか》、よかったのですか？　今のルエイン伯爵令嬢ですよ。社交界で『桃色の睡蓮《すいれん》』って有名な！」

足早に立ち去るレオナルドの後ろに付いてきた皇都騎士団副団長のグレイルが焦ったようにそう補足する。

ルエイン伯爵はハイランダ帝国でそれなりの地位にある、有力貴族だ。どうやらその娘だったらしい。

「知らん。なんだそのふざけたふたつ名は？　なら、お前があのハンカチをもらえばいいだろう。あんなちっぽけなもの、掠《かす》り傷ひとつで使い物にならなくなる」

「そういうことじゃないんですっ！ ああ、勿体ない！」

グレイルが両手を肩の位置まで上げて身もだえする。

「そもそも、団員達のあの体《てい》たらくはなんだ？ チラチラと令嬢達のほうを気にするなど、集中力が足りていない。気合いを入れ直せ。敵が色仕掛けを仕掛けてきたらどうする」

「そっちに話が飛び火しちゃうんですかっ！」

グレイルは額に手をあてるとがっくりと項垂《うなだ》れる。

そう、レオナルドは非常に優秀な軍人であったが、どこまでも色恋沙汰には無頓着で気の利かない朴念仁《ぼくねんじん》な男でもあった。

訓練場の視察を後にしてその足で執務室に向かっていたレオナルドは、ふとその道中で足を止めた。

「いい天気だな」

回廊の開口部からは真っ青な空が見える。こういうよく晴れた日は人の出が多く、それに伴う窃盗や暴行のトラブルも増える。

「閣下、どうされたんですか？」

突然立ち止まったレオナルドに、後に続くグレイルが訝しげな視線を向ける。

「グレイル。俺は少しだけ、皇都内の警備の視察に向かう」

「え？　今からですか？　今日は今年の新入団騎士が集まる日ですよ」

「わかっている。すぐに戻る」

レオナルドはそう言うと、踵を返してワイバーン——軍用に使われる小さなドラゴンの飼育小屋へ向かう。

「ザイル。視察に付き合ってくれ」

自身の相棒であるグレーのワイバーン——ザイルの鱗に手を伸ばすと、ザイルは目を細めグルグルと喉を鳴らす。

皇都騎士団の入団式典まではあと二時間近くある。

ぐるりと皇都の見回りをしても、十分に間に合うはずだ。


そうして訪れた皇都の城下は予想通り、多くの人で溢れていた。

威勢のよい声で客寄せをする八百屋《やおや》の店主。

仮装して曲芸を披露する大道芸人に、それを見ようと群がる民衆。

籠を手にパンを売り歩く娘。

レオナルドはワイバーンに乗って上空を飛びながら、眼下に広がる光景を観察する。

（何も問題ないか……）

しばらく空から見回ったが、いつもと違うところもない。特に異常はなさそうだと判断し、そろそろ戻ろうと思ったそのとき――。

「誰か！　泥棒だ！　財布を盗られた。そいつを捕まえてくれ！」

遥《はる》か前方から、悲鳴のような甲高い声が聞こえた。目を凝《こ》らすと、ふたりの男が群衆の合間をすり抜けて走っているのが見えた。

「盗人か！」

地上で周辺の見回りをしていた皇都騎士団の団員達もその声に気付いたようで、盗賊を追おうとしているのが見えた。しかし、人が多すぎて思う通りに馬を進められないようだ。人混みで無理に馬を進めると善良な市民を傷つけてしまう。

「仕方がない、俺が始末しておくか。ザイル、あっちだ」

レオナルドはワイバーンを操り、盗人が逃げた方向へ飛ぶ。

そして、その先の光景に目を瞠《みは》った。

そこには、ひとりの少女がいた。

歳は十代後半だろうか。肩口までの長さで切られた髪は、金色に近い琥珀色の美しい色をしている。

男女どちらも着るような長ズボンと膝丈の上着姿で、手にはなぜか掃除用の箒を持ち、盗賊と一対二で対峙していた。

少女と睨み合っていた盗賊のひとりが拳を振り上げて襲いかかる。

「危ないぞっ！」

殴られる！　そう思ってレオナルドが叫ぶのとほぼ同時に、少女の体がふわりと舞った。

まるで先ほど見かけた大道芸人の曲芸のように身軽な動きで攻撃をギリギリで避けると、流れるような所作で盗賊の脇腹に箒の柄で一撃を加える。

「うがっ！」

強力な打撃を受けた盗賊は脇腹を押さえて倒れ込む。

少女は持っていた箒の柄を地面に突き、それを軸にして回転すると、別の盗人の顔面に痛烈な回し蹴りを炸裂させた。短く切られた髪がふわりと揺れる。

（なんて奴だ……）

しなやかな動作、凜《りん》とした佇《たたず》まい、煌《きら》めく髪。

その一つひとつが美しかった。

そして、こんな奴がいるなんて、という純粋な驚き。

「俺が出るまでもないな」

実力は圧倒的に少女のほうが上だった。

出る幕はないかと思って上空から様子を見守っていたそのとき、レオナルドは、男の手にキラリと光るものを視界の端に見た。

（まずいっ！）

レオナルドは咄嗟に、乗っていたワイバーンから飛び降りる。剣を抜くと殺さない程度に加減してその男を切りつけた。

「きゃっ！」

「うぎゃぁぁ‼」

ふたつの悲鳴がほぼ同時に聞こえ、男が仰向けに倒れて痛みにのたうち回る。さらに、レオナルドはなおも逃げようとする盗賊のもうひとりに石を投げつけた。

「俺の管轄地で不義を働こうとするとは、いい度胸だな？」

「ひっ！」

仰向けに倒れたまま踏みつけられた男は恐怖で顔を引き攣《つ》らせ、顔面を蒼白にさせた。

ようやく群衆から抜け出て駆けつけた皇都騎士団の団員が駆けつけ、男が縛り上げられる。それを確認し、レオナルドは背後にいる少女に向き直った。

「大丈夫か？」

「あ、ありがとう」

ゆっくりと上がった視線がレオナルドと絡み、少女の翡翠のような美しい緑色の目が大きく見開かれる。

（こいつ……）

以前、舞踏会で見かけた女だてらに勇健な令嬢に似ている。

しかし、髪が短いし格好もまるで男のようだ。

あれだけ戦えるのに血を見たことはないのか、少女は片手を切りつけられて痛みにもだえる盗人を見て真っ青になっていた。

そのちぐはぐさが、またレオナルドの興味を惹《ひ》いた。

「その勇敢さは素晴らしいが、勇敢と無謀は隣り合わせだ。そして無謀はときに命取りになる。よく覚えておけ」

レオナルドは、少女に諭すように語りかける。この少女はもしも自分達が助けに現れなかったら、死んでいたかもしれない。

少女は少し眉尻を下げると、しゅんと肩を落とした。

しかし、しょんぼりとしていた少女はレオナルドが話し終わるや否やというタイミングで、「皇都騎士団？」と呟いてレオナルドを見返す。

「あっ。あーー‼」

突然叫んだ少女にレオナルドは、呆気にとられた。

何かに気付いたようで、ひどく慌てた様子だ。

「助けていただきありがとうございます。申し訳ありませんが行かなくてはっ！」

少女はぺこりと頭を下げると走り出す。

「え？　おいっ！　怪我はないか？」

「大丈夫ですっ」

少女は一度だけ振り返り、そう叫ぶ。

そして、すぐにまた走り出し、二度と振り返ることはなかった。

◇◇◇

「──ということがあった」

「ふーん。それで、それは誰なの？」

「知らん」

宮殿の執務室に戻ったレオナルドは、ソファーの背もたれにもたれかかったままぶっきらぼうに答える。

「なんで名前ぐらい聞いておかないんだよ！　舞踏会にいたってことは貴族令嬢だろ？」

「だとは思うが、今となってはわからんな」

はあっと目の前の男がため息をつく。

アッシュブラウンの髪に青い瞳という甘いマスクのこの男は、皇帝の側近である四天王のひとり──貴族院議長で国内貴族の統制を取るカールだ。

ハイランダ帝国では六年ほど前にクーデター未遂があった。そのため、カールは常に国内貴族の動向に目を光らせている。

こうしてほぼ毎日のように、ほんの些細《ささい》なことでも軍を掌握するレオナルドに情報提供しに来るのだ。

「見た目の特徴を教えてくれれば、調べられるかもしれない」

「金に近い茶髪の、女だ」

「それじゃあ対象が多すぎる。もっと他に、特徴はないのか？」

「特徴？」

レオナルドはしばらく考え込む。

見た目はごく普通の令嬢だった。特徴的なことといえば――。

「いい拳をしている」

「話にならないんだけど。お前が異性に興味を持つなんて、ウン十年に一度あるかないかの珍事なのに……」

カールは呆れたようにため息をつくと、ゆるゆると首を振る。

「俺はそろそろ戻るよ」

「ああ、またな」

ひと通り連絡事項は伝えたとカールが立ち上がる。パタンとドアが閉まると、執務室に静謐が訪れた。

レオナルドは頭の後ろで手を組んで天井を眺めた。

（いったいあの少女は何者だろう？）

舞踏会会場で会ったのだから、貴族の娘だ。

あの若さであれだけの使い手でありながら、噂ひとつ聞いたことがない。

先ほどの少女のことが気になってたまらない。

それは、異性に興味のないレオナルドにこれまでなかったことだ。女性に対して〝美しい〟と感じたのも初めてだった。

しばらくすると、ドアをノックする音がした。

「閣下。そろそろお時間ですのでお願いします」

「ああ、わかった」

グレイルが呼びにきたので、レオナルドは立ち上がる。今日は年に一回の皇都騎士団の新入団員を迎え入れる日だ。

皇都騎士団はその名の通り首都である皇都を守る騎士団であり、騎士団の中でも別格のエリート集団だ。

各地で行われる騎士団の試験で優秀な成績を収めた者、もしくは由緒正しい騎士家系の者だけが入団できる。

「今年はどんな感じだ?」

「まあ、例年と同じですね。ただ、ひとりだけちょっと心配な奴がいますね。体が小さいし、細い。女みたいな見た目ですよ」

「よく入団できたな?」

「コスタ家の者のようです」

「コスタ家？　なるほどな」

コスタ家はハイランダ帝国では有名な騎士家系であり、代々騎士家系であれば皇都騎士団にも簡単に入団が可能だ。先代のコスタ子爵は近衛騎士団の団長を務めたほどの男で、レオナルドも幼い頃に指南を仰いだ記憶がある。

（コスタ家か……）

長身で引き締まった体躯の男が脳裏に浮かぶ。レオナルドの知るコスタ子爵はいかにも軍人といった風情の豪傑《ごうけつ》だった。

その息子が小さく細いとは意外だ。残念ながら、体格は母親に似たのかもしれない。

目的の場所である騎士団の施設の広間に行くと、初々しい面々が真新しい黒色の制服に身を包んで集合していた。

前後左右等間隔に並び、一糸の乱れもなく整列している。全員が今訓示を行っている師団長に注目していた。

広間の片隅に立ちその面々にざっと視線を走らせていたレオナルドは、ふとひとりの団員に目を留めた。いるはずのない人物を見つけたのだ。

「あいつ……」

「え。どいつですか？」

「前から四列目の一番端。あれは誰だ？」

「あー、やっぱり目立ちますよね。あれがコスタ家のやつですよ。名前はなんだったかな。えーっと、ディーン＝コスタだ」

　グレイルが新入団員名簿を捲《めく》りながら答える。

　レオナルドは信じられない思いでその団員――ディーンに目を向けた。そこには、髪の毛を後ろでひとつにまとめた、先ほど町で出会った少女がいたのだ。

（あいつ、男だったのか⁉）

　なんという衝撃。

　舞踏会会場の令嬢と先ほどの少女は別人で、しかも少女だと思っていた人物は女ではなく男だったとは！

　こうして堅物軍人――レオナルドの初めての色恋沙汰とも言えぬ異性への興味は、もの数時間で幕を閉じたのだった。

　新たに皇都騎士団に配属された新人騎士のお披露目試合を視察したレオナルドは、執務室へ戻ると新入団員達の配属先の載った名簿に目を通した。各師団長達が話し合って仮決めしたものだ。

「先ほど見た、線の細い奴がいるだろう？」

「線が細いというと、ディーンですか？　コスタ家の嫡男なので期待していたのですが、外れでしたね」

グレイルは両手を上に向けて肩を竦《すく》める。

代々皇帝を守り続けてきた名門騎士家系出身かつ先代の当主が近衛騎士団長を務めていただけに、ディーンへの期待は大きかった。

けれど、現れたのは女のように線の細い男で、先ほどの試合も一方的に押されていた。

「彼はあたり障りのない第二師団にしようかと――」

グレイルが配置予定を説明する。第二師団は宮殿の内壁を守る団だ。宮殿にはふたつの壁――内壁と外壁がある。第二師団は皇帝が生活する内郭へ不審者が侵入しないように目を光らせる役目を負っている。

「いや、あれは第五師団だ」

「第五師団？」

グレイルは訝しげに眉を寄せた。

第五師団は町の警備をする団でならず者を相手にすることが多く、華がないので新人騎士には不人気だ。しかし、実際は最も実戦が多く、剣の技術が確かな者のみが配属される。

「大丈夫でしょうか？」

「あいつ、何も考えずに押されて下がっているように見えて、ずっと隙を狙っていた。自分に力がないことをわかっているからこその行動だ。己を過信する愚か者よりずっといい。それに、体が小さいから小回りが利くだろう」

そこでレオナルドは言葉を止め、グレイルを見る。

「それに、あれはなかなか肝が据《す》わっている」

「そうでしょうか？　閣下がそう言うのであれば、そのように変更させますが」

グレイルはやや納得いかない様子だったが、特に反対もしなかった。レオナルドの部下を見る目を信用しているのだ。

既に決まっていた配属先の変更を申し伝えるために、グレイルが各師団長達の控え室に向かう。その後ろ姿を見送ると、レオナルドはもう一度今年の新人名簿に目を通した。

「あいつはコスタ家の息子か……」

六年ほど前にあったクーデター未遂事件で命を落とした先代のコスタ家当主、つまりディーンの父親はとても優秀な騎士だった。少年時代は時々稽古《けいこ》をつけてもらったことを、昨日のように思い出す。

ディーンは、確かにグレイルが言う通り、線の細い男だ。十七歳という年齢にしては随分と華奢《きゃしゃ》で、背も小さく、顔も人形のようだ。

それこそ、レオナルドが女だと見間違えるほどに。

しかし、太刀筋を見極めようとする目付きは鋭く、身のこなしは軽かった。それに、すぐに追い剥ぎを追いかけてゆく機敏さと、分が悪くても怯《ひる》まない肝の据わり方はなかなかのものだ。

つまり、騎士としてよい素質を持っているとレオナルドは判断した。

「将来が楽しみな奴がきたな……」

レオナルドは名簿を見つめ、ひとり口の端を上げた。

◆四・騎士団での生活

騎士団の朝会は毎朝八時から始まるが、その前の時間も自主的に訓練する団員のために訓練場が開放されている。

「よし、始めようかな」

朝日が真横から差し込み長い影を作る頃、アイリスはひとり訓練場で剣を握る。

アイリスは女なので、どうしても体力、腕力で他の団員に劣っていた。だから、毎朝一番乗りでこうやって訓練場を訪れては、ひとりで訓練に励んでいたのだ。

目の前に仮想の相手を思い浮かべ、剣を振るう。

それは大抵、いつも剣の相手をしてくれていた弟のディーンだった。

ヒュン、ヒュンと辺りに空気を斬る小気味いい音が響く。その後は宮殿内を走って体力作りをして、合計二時間ほど自主訓練をしてから朝会に出るのがアイリスの日課だった。

その日、夜明け前に目が覚めてしまったアイリスがいつもよりも早めに訓練場に行くと、そこには先客がいた。

「こんな時間に誰かしら？」

アイリスはまだ薄暗い訓練場の中央へと目を凝らす。

暗いのではっきりとは見えないが、とても体格のよい騎士のようだ。いつもアイリスがするのと同じように仮想の敵を相手にしているようで、ひとりで剣を振るっていた。

（すごいわ、綺麗……）

なんて美しい剣捌《さば》きなのだろう。アイリスはしばし、その姿に見惚れた。

これまでの人生で見た中で、最も美しい剣技だと思った。

「誰だ？」

アイリスの気配に気付いた男が動きを止め、こちらを見つめる。

どこかで聞いたことがある声だった。低く落ち着いているのに、他を圧倒するような威圧感がある。

アイリスは他の師団の先輩騎士だろうと思い、少し緊張の面持ちでピシッと姿勢を正す。

「第五師団所属のディーンです」

「第五師団のディーン？」

男がゆっくりとこちらに近付いてくる。薄暗い中、アイリスはその姿を見上げた。

騎士団には背の高い男が多いが、アイリスよりも頭ひとつ分背が高いこの人はそんな中でも長身にあたるだろう。

近付いてきたその人の顔をはっきりと認識したとき、アイリスは息を吞んだ。

「レオナルド閣下！」

軍服の下に着る白いシャツと黒ズボンという楽な姿で剣を振るっていたのはこの国の副将軍であり、皇都騎士団の団長でもあるレオナルドだった。

アイリスを始めとするすべての皇都騎士団員にとって、レオナルドは憧れの存在だ。

まだ二十代半ばという若さでありながらハイランダ帝国の重要な地位に就き、圧倒的に強く、皇帝からの信頼も厚い。

そんなレオナルドが夜も明けぬ早朝から自主練習しているとは思いもよらず、アイリスは慌てて頭を下げた。

「何をしている。お前も訓練に来たのではないのか？」

「はい。ですが、閣下のお邪魔でしょうから——」

その言葉はレオナルドによって遮られた。

「邪魔ではない。ちょうどいい、相手しろ」

「え？」

見上げると、レオナルドは差し出した指先を手前に動かし、訓練場の中央へ入れと指し示した。

「私がですか？」

「お前以外に誰がいる？」

逆に聞き返され、アイリスは戸惑った。

相手は皇都騎士団のトップで、団員でもそうそう近付くことができない人だ。自分などが手合わせをさせてもらっていいのだろうか。

「早くしろ。時間がない」

「はい、すみません」

アイリスはぺこりと頭を下げると、慌てて訓練場の中央に向かった。

剣を握って構えると、かかってこいとレオナルドが顎をしゃくる。

それを合図に、アイリスはレオナルドに飛びかかった。カキーンと刃を潰した模擬剣がぶつかり合う音が周囲に響く。

ひと太刀交えただけで、新鮮な驚きを感じた。

（すごい。全然実力が違うわ）

アイリスは新人騎士の中で平均的な実力だ。そのアイリスが全力で攻撃を仕掛けているのに、すべてを難なく受け止めるレオナルドは顔色ひとつ変わらない。

それに、よく見ると立ち位置が動いていないし、片手しか使っていない。

「軽いし、遅い」

ひと言そう言われたと思ったら、腹部に衝撃を受けてアイリスは地面に叩きつけられた。

「ぐっ」

思わず低い呻《うめ》き声が漏れる。

ざざっと背中が地面を擦り、視界に明らみ始めた空が見えた。

打たれた腹と打ち付けた背中がズキリと痛んだが、すぐに歯を食いしばってよろよろと立ち上がる。

そして、レオナルドに向かってもう一度剣を構えた。

レオナルドはそんなアイリスの姿を見て愉快げに口の端を上げると、構えていた剣を下ろす。

「お前、剣を振るうときに一瞬だけ太刀筋の向かう方向に視線が向いているのに気付いているか？」

「え？」

「このままだと、一生かかっても俺にはあてられないぞ。なにせ、お前は自分でどちらから攻撃するか目で示しているからな」

（視線が向く？）

そんなことは一緒に訓練している騎士からも、弟のディーンからも、一度も指摘されたことがなかった。

「直すべき部分は多いが、まずはそれの修正からだな。もう一度そこを意識してかかってこい」

そこでようやくアイリスは気付いた。

レオナルドはちょうどいいから相手をしろと言いながら、実際はアイリスに稽古をつけてくれているのだ。

そもそも、アイリスの実力ではレオナルドの剣の相手として完全に力不足なのだから相手など務まるはずもない。

一時間ほど打ち合いをして完全に空が明るくなった頃、レオナルドはだいぶ予定の時間を過ぎてしまったから戻ると言った。

「閣下、ありがとうございました」

アイリスはレオナルドに向かって深々と頭を下げる。

「構わない。俺もよい運動になった」

レオナルドが答えたそのとき、上空でバサリと羽ばたくような音がした。驚いて見上げると、トカゲにコウモリの羽が生えたような生き物が飛んでいた。大きさは二、三メートルはありそうに見える。

「あれ……」

あれは確か、入団式の日にも飛んでいるのを見かけた、不思議な生き物だ。

故郷のコスタ領では一度も見かけたことがなかったが、皇都に来てからは時折飛んでいるのを見かける。

「あの不思議な生き物はなんですか？」

「あれはワイバーンだ。近衛騎士が乗っている。あとは、軍の幹部だな」

「ワイバーン。近衛騎士……」

近衛騎士団は、皇都騎士団とはまた別の皇帝直属の騎士団だ。

近衛騎士団長と皇都騎士団長はレオナルドが兼任しているが、組織としては全く違う。常に皇帝や皇后の側に付き従い護衛を行うため、皇都騎士団の中でも特に優秀な騎士が引き抜かれて配属されると言われている。

だが、ワイバーンなど、聞いたことがない生き物だった。

レオナルドはアイリスの表情から、考えていることを悟ったようだ。

「皇后のリリアナ妃が、魔法の国出身なのは知っているか？」

「はい」

現皇帝ベルンハルトの妃であるリリアナ妃がここハイランダ帝国に嫁いできたのは、二年近く前のことだ。当時、国中が若き皇帝の成婚の喜びに沸いた。

リリアナ妃は魔法の国と呼ばれるサジャール国の姫君だった。アイリスは一度も直接拝見したことはないが、シルバーブロンドの髪とアメジストの瞳を持つ美しい女性だという。

「ワイバーンはリリアナ妃の故郷で馬の代わりによく使われる生き物だ。陛下やリリアナ妃が乗るので、皇帝夫妻の護衛をするなら乗りこなす必要がある」

「なるほど」

魔法の国の生き物と聞いて、妙に納得する自分がいた。

あのような不思議な生き物の背に乗って空を飛ぶなんて、魔法としか言いようがない。

（そういえば、昔お母様が読んでくれた本にも魔法使いが出てきたな……）

両親を失った不幸な少女が、魔法使いの力で幸せになる話だった。

（本物の魔法って、どんなものなのかしら？）

あの物語のようなことが本当にあったら、どんなに素敵だろう。

そんなことを考え、ばかげた話を、とゆるゆると首を振る。

レオナルドが、つと口を開く。

「そういえばあの日、お前は決定的なミスをしていた。なんだかわかるか？」

「あの日？」

アイリスは突然レオナルドに切り出された話がよくわからず、首を傾げた。

「入団式の日に、盗人を追いかけていたときだ」

アイリスは驚いてレオナルドを見返す。

（気付かれていた？）

一度会っただけだし、アイリスは今年入団したばかりの新人団員。気付かれていないと思っていたのだ。

「私だと気付いておられたのですか？」

「当然だ。それで、その決定的なミスはわかるか？」

レオナルドに再度問いかけられ、アイリスはじっと考え込む。

「自らの力を過信したことでしょうか？」

「それも大きなミスだ。だが、もっと大きなミスをした」

まるで謎解きのような問いかけに、アイリスは眉尻を下げる。何をミスしたのかがわからなかったのだ。

「お前は勝負が完全に決する前に油断した。油断しなければあのように敵にみすみす武器を持つ隙を与えることなどなかったはずだ。実戦の際、その気の緩みが命取りになる」

レオナルドはそう言うと、アイリスのことをじっと見つめる。

「……実はあの日、お前のことを姉だと勘違いした」

「姉といいますと？」

「随分とお転婆で型破りな姉がいるだろう？　双子らしいな？　以前、舞踏会で一度だけ見かけた。お前とよく似ている」

アイリスは目を見開く。

フッと笑ったレオナルドはすぐに背中を向けて歩き出した。

しかし、何かを思い出したようにこちらを振り返った。

「俺はいつもあの時間にいる」

そして、今度こそ振り返ることなく、訓練場を後にした。

◇◇◇

レオナルドが執務室に戻ると、部屋の前にはグレイルがいた。

毎日八時から行われる騎士団の朝会に先立ち、今日のスケジュールや何か伝達事項はないかの確認に来るのだ。

「今日はゆっくりでしたね」

「ああ、ちょっとな」

レオナルドは軽く答えると、執務室のドアを開ける。

グレイルはレオナルドの後に続いて部屋に入ると、早速各師団の今日の予定を説明してきた。

レオナルドはそれをひと通り聞き終えると、窓の外に視線を移動させる。

執務室から見える訓練場には、団員達が集まり始めているのが見えた。

誰もいないような早朝からひとり練習に励む団員がいることに気付いたのは、新入団員を迎えてからまださほど日が経っていない頃だった。朝の鍛錬から戻ってきたとき、たまたま窓の外を見て気が付いたのだ。

妙に気になって翌日も訓練場を覗くと、やはりその団員はひとりで剣を振るっていた。

（あれは、ディーンか？）

小柄な体つきは、騎士団内では目立つ。そして、ディーンはその体つきから想像される通り、周りの団員に比べて力が弱く、体力もなかった。

（本人も、気にしているのだろうな）

ディーンはちょうどレオナルドと入れ替わるような時間帯に訓練場に来るようだった。つまり、二時間近くも自主練習してから通常の勤務にあたっていることになる。きっと、体力的にはとてもきついはずだ。

そして気が付けば、ディーンが訓練している姿を眺めていることが増えた。

窓の外を見ればちょうど眼下に目に入るというのもあるし、ディーンが危険任務の多い第五師団になった理由が自分の発案であることも気になる原因だった。

『ちょうどいい、相手しろ』

今朝初めて訓練場で鉢合わせしたディーンにそう言ったのは、ちょっとした気まぐれだった。本人が日々努力しているのを知っているだけに、少しだけ稽古をつけてやろうと思ったのだ。

(太刀筋や機敏さは悪くないな)

レオナルドから見れば剣の打ち込みは子供のように軽く、攻撃に移るスピードもとても及第点とは言い難かった。しかし、新人騎士としては悪くないレベルだ。

ほんの少しだけ本気を出すと、ディーンはあっけなく地面に倒れた。

(戦意喪失するか?)

しかし、レオナルドの予想に反してディーンはすぐに立ち上がるともう一度剣を構えた。

想像以上に、根性があるやつだと思った。

前後左右にきっちりと揃い整列する団員の中に、煌めく髪を持つ小柄な団員が目に入る。

(あいつはやはり、見所がある)

明日はどんな稽古をつけてやろうか。

そんなことを考えながら、レオナルドは自分でも気付かぬうちに口元を綻ばせた。

◇◇◇

カキンッという鈍い音が鳴る。

新人騎士同士の訓練中、鋭い打撃を剣で受け止めたアイリスは体の節々に痛みを感じて顔を顰《しか》めた。

「痛たた……」

腕や腹部が引き攣りそうになり、小さな悲鳴を漏らす。

あの日以降、アイリスはこれまでに増して朝早く訓練場に行くようになった。

レオナルドは大体夜明けの一時間前にやってきて、一時間ほど剣を振るって夜が明ける前に戻るのが日課のようだ。

そして、アイリスが現れると必ず「相手をしろ」と声をかけてくれた。つまり、この痛みは度重なる朝練習による全身筋肉痛だ。

「おい、大丈夫か？」

今さっきアイリスに強力な打撃を食らわせた本人であるカインが心配そうに手を止める。

カインはアイリスと同じく第五師団に配属されていた。

「大丈夫、ちょっとした筋肉痛です。カインはますます打撃が強くなってきましたね」

アイリスは慌てて大丈夫だと片手を振ると、今の打ち合いの感想を伝える。

「そうかな?」

「はい、そう思います」

アイリスが頷くと、カインは嬉しそうに笑って頬を指で掻く。

カインは元々騎士とは全く関係のない平民出身だ。だが、どうせなら夢は高く持とうと自己流で訓練を重ねて騎士団の入団試験を受験し、見事に合格したのだという。

皇都から少し離れた田舎町に幼馴染みの恋人がおり、仕事に慣れてきたら皇都に彼女を呼び寄せたいとよく話してくれた。

そして、いつかは故郷を守る騎士団の幹部になりたいと夢を語っていた。

自己流で剣を扱い始めてたった数年でここまで伸びるとは、元々騎士としての素質があったのだろう。最近は大きな体を活かしてますます打撃が力強くなってきた。

レオナルドに朝稽古をつけてもらっているアイリスは重い打撃に慣れているからなんとか受け止められるが、そうでなかったら今頃吹き飛ばされていたかもしれない。

「ディーンは剣がぶれなくなったな。以前は力で押されてぶれることが多かったけど、最近うまく流すようになったよな」

今度はカインがアイリスのよくなったところを褒める。

「そうですか？」

褒められると悪い気はしない。アイリスは嬉しくなってはにかんだ。

「第五師団の奴らは呑気でいいよな」

そのとき、後ろから呆れたような声が聞こえた。

振り返ると、同期のジェフリーが少し小ばかにするようにこちらを見ていた。ジェフリーの配属先は新人の中では特に人気の高い第一師団だ。

最初こそ嫌みを言われる度にムッとしていたアイリスだったが、どうやらジェフリーは自分と同じ名門騎士家系出身であるアイリスにライバル心を燃やしているだけだとわかってからはさほど気にならなくなった。

「なんだと？　おい、待てよ」

相変わらずの様子にカインが眉を寄せてジェフリーを呼び止めようとする。

「カイン、気にしないでください」

アイリスはカインを制止する。

「だが……」

「相手にするのはやめましょう。それより、訓練の続きをしませんか？」

「そうだな」

アイリスが剣を構えて見せると、カインも気を取り直したように笑って剣を構える。

これは弟のディーンが元気になるまでの仮初《かりそ》めの生活。

そうはわかっていても、騎士団での生活はとても楽しかった。

◆五．大怪我

アイリスが皇都騎士団に入団してから半年ほどが過ぎた。

この頃になると、アイリス達も一人前の騎士として任務にあたるようになっていた。

皇都騎士団は任務にあたる際、必ずふたり組のペアを組む。そしてこの日、アイリスはペアのカインと窃盗犯の追跡をしていた。

道が細くなるにつれて、馬で追うのは難しくなる。

時刻は午後四時過ぎ。大通りは夕食の買い物をしようと多くの市民が行き交っていた。誤って市民を馬で傷つけては大変なので、思うようにスピードが出せないのだ。

さらに、左右の商店からせり出した軒先にぶら下がっている商品が、視界を阻《はば》む。

「くそっ、このまま進んで路地に入るつもりだぞ」

通行人のことなどお構いなしで馬を全力で走らせる窃盗犯は通りの遥か先にいた。

その男が細い小道に入ろうとしているのが見え、隣で馬を操るカインが忌々しげに吐き捨てる。

「路地に入られたら追えなくなる。ここで決めます」

「え？　待てよ、ディーン！」

叫ぶカインの制止を振り切り、アイリスは馬の腹を蹴る。にわかにスピードを上げた馬を、通りを歩いていた市民が慌てたように避けた。

（よし。追いつけるわ）

アイリスはあっという間に窃盗犯に追いつき、ぴったりと隣を並走した。

「来るな！」

アイリスに気付いた男は懐から刃物を取り出すと、騎乗したままそれを突きつける。

「やめなさい！　窃盗に傷害罪が加わりますよ」

「うるせえ、来るなって言っているだろ！」

逆上した男が刃物を大きく振ったのを見て、アイリスは内心で舌打ちする。

（こんなところで刃物を振り回されたら、周辺にいる一般市民が巻き添えになりかねないわ）

アイリスは鞍の上に足を置くと、勢いよく自身の馬から相手の馬へと飛び移った。

「うわぁぁ！」

錯乱状態の男——この日、皇都の宝飾店から貴金属を強奪した窃盗犯はがむしゃらに刃物を持った手を振り回す。体に鋭い痛みが走るのを感じたが、アイリスはそれよりも目の前の男の拘束を優先させた。

短剣を素手でたたき落とし、男を馬から引きずり下ろすとうつ伏せに地面に押しつけた。さらに、自身が男に馬乗りになり後ろ手に拘束する。

「ディーン！　大丈夫か⁉」

ようやく追いついたカインがアイリスに駆け寄る。

「ええ。拘束しました」

「よしっ」

助太刀して素早く男を縛り上げたカインは、ホッとしたような表情を見せる。

しかし、アイリスに視線を向けた瞬間、大きく目を見開いた。

「ディーン、それ……」

アイリスはその視線の先を追う。黒色の騎士服は至るところがざっくりと切れており、その下から覗く白いシャツは深紅に濡れていた。

「ああ。どうりで痛いと思いました」

アイリスは曖昧に笑って答える。

本当に、どうりで痛いと思った。男を無事に拘束して気が抜けた途端、その痛みが体中に押し寄せる。特に、刃物を体の中心部に受けるのを避けようとして右腕上腕部に受けた傷がズキズキと痛んだ。

「どうりで、じゃねえよっ！　だから待てって言ったんだ」

「大した傷ではないし、犯人は捕らえました」

「血塗《ちまみ》れじゃねえか！　宮殿に戻ったら医務室に行こう」

「行きません。大した怪我ではありませんから」

アイリスは首を振る。

絶対に医務室には行けない。

なぜなら、医務室に行けば自分が女であると周りに知られてしまう。そうなれば、コスタ子爵家は終わりだ。

眉を寄せたカインが何かを言いたげに口を開きかけたが、アイリスはそれを無視して自身の馬に飛び乗る。

腕に力を入れると脂汗が滲《にじ》むような激痛が襲ってきたが、なんとか耐えきった。

宮殿の皇都騎士団に戻って後処理を終えると、アイリスは自室へと戻った。服を脱ぎ捨てて怪我の具合を順番に確認してゆく。

「痛っ」

浴槽内で綺麗な水で傷口を清めると、鋭い痛みが走った。

ぐっと歯を食いしばり、傷口に塗り薬を塗り込む。弟のディーンへ送る薬を買うために今も定期的に通っている薬屋で購入したものだ。

ディーンの病は今も完全にはよくならない。

しかし、アイリスが送った体力回復の薬を飲んだ後は数日間調子がいいと手紙に書いてあったので、今も欠かさずに薬を送っていた。

（これで大丈夫かしら？）

すべての箇所に薬を塗り込むと、アイリスは最後に丁寧に包帯を巻いた。

元々こんな傷の手当てなど、一度もやったことがなかった。しかし、皇都騎士団に入団して早半年、常に生傷が絶えないので必要に迫られてできるようになったのだ。

おおかた処置を終えると、アイリスは最後に一番深い右腕上腕部の傷を水ですすぐ。先ほどまでとは比べものにならない激痛が走った。傷が思った以上に深い。

「まずいわね……」

薬を塗ってもすぐにぱっくりと傷口が開き、血が染み出てくる。さらに、右腕上腕部という位置的に左手だけを使って包帯を巻かねばならず、うまく巻くことができなかった。

「こんなもので平気かしら？」

しばらく格闘してなんとかそれらしく包帯を巻くことができた。胸にサラシを巻き直してから白いシャツを羽織り、騎士団から支給されている懐中時計を見ると、夕食の時間をとうに過ぎていた。

「あ、ディーン。一緒に行こうぜ」

部屋を出るとすぐに背後から声をかけられた。振り返ると、ちょうど隣の部屋からカインが出てくるところだった。

「カイン。随分とゆっくりですね」

「くたびれたから、先に風呂入ったんだ」

カインは屈託なく笑い、こちらに歩み寄る。言われてみれば、確かに短く切られた黒髪は水に濡れていた。

こちらを見つめるカインの笑顔が、不意に消える。

「ディーン。それどうしたんだ？」

「何が？」

アイリスは聞き返す。人の顔を見るや否や『どうしたんだ？』と言われても、答えようがない。表情を強ばらせたカインはアイリスの右手首を突然掴んだ。

「医務室に行こう」

「何をっ！　傷の手当ては済みました。すべて掠り傷です」

「嘘をつけ！　これで掠り傷のわけがないだろうっ！」

ぐいっと腕を引かれ、アイリスは息を呑んだ。白いはずのシャツが血塗れだ。

きっと、包帯が緩んでまた傷口が開いたのだ。

「離してください。必要ありません」

「必要ないわけないだろう！　医者嫌いもいい加減にしろ！」

壁を殴るドンッという音がして、カインが不機嫌そうに目を眇《すが》めた。

掴まれている右手を引いたが、全く動かなかった。カインのほうが力が強い上に、傷が痛んで力が入らないのだ。

「今度こそ、絶対に医務室に連れて行く」

「いやです」

「断る。怪我をした奴とペアを組まされたんじゃ、こっちがいい迷惑だ」

吐き捨てるようにそう言ったカインは、アイリスの手首を引く。

「やめて」

カインは答えず、振り返ろうともしない。

自分が女だとばれたら、すべてがお終いだ。弟のディーンが快復するまで、まだ女に戻るわけにはいかない。

「お願い。やめて……」

懇願にも近い泣き声にようやく振り向いたカインは、アイリスを見てギョッとした顔をした。

「お前、なんで泣いているんだよ。そんなに医者が嫌いなのか？」

「医者は嫌いです。でも、泣いてなどいません」

「嘘つけ。目に涙が溜まっているし、鼻声になってる」

はあっとため息をついたカインは、アイリスを見下ろす。

「じゃあ、せめて傷口を見せろ。これはどう見ても掠り傷じゃない」

「………。わかりました」

これ以上はぐらかすのは無理だ。

部屋で腕を見せるだけならばれないだろうとアイリスは腹を括《くく》った。

ランプに照らされた少し薄暗い室内で傷口を見せると、カインの眉間の皺はさらに深いものに変わる。

「何が掠り傷だよ。ざっくり切れてるじゃねーか。平気な顔をしていられるのが不思議なくらいだ」

アイリスは無言で俯いた。

「やっぱり医者に診せたほうが――」

「だめっ！」

カインの言葉を、アイリスは咄嗟に否定する。医者だけは絶対にだめだ。

「なんでだよ。それに、胸の辺りもこんなに広範囲に包帯を巻くなんて――」

そこまで言いかけて、カインは何かに気付いたようにハッと言葉を止めた。きつく巻いても限度がある。あるはずのないアイリスの胸の膨らみに気付いたのかもしれないと思い、アイリスはサッと顔を青ざめさせた。

「これは……」

言い訳をしようとするアイリスを尻目に、カインはすっくと立ち上がる。

「仕方がない。俺がやる。相当痛いが我慢しろ」

カインはそう言うと、部屋を出る。しばらくして戻ってきたカインの手には、小さな木箱があった。蓋を開けると医薬品の独特の匂いが辺りに漂う。

「何をするんです？」

「縫《ぬ》うんだよ。知らないか？　傷口ってある程度大きくなっちまうと、なかなかくっつかなくて治りにくくなるんだよ。そういうときは傷口を縫合《ほうごう》すると治りが早くなるし、跡も綺麗になる」

田舎にいた親父が時々やってた、とカインは付け加える。

カインの実家は田舎で床屋をしていると言っていた。田舎では十分な人数の医者がおらず、床屋や薬屋が医者の真似事をするというのはアイリスも知っている。

カインは針をアルコールランプで炙《あぶ》ると、「痛むが我慢しろ」ともう一度アイリスに告げる。

「ぐっ」

引き攣れるような鋭い痛みに思わず声が漏れる。カインはチラリとアイリスを見たが、手を止めることはなく黙々と作業を終えた。

「終わったぞ。化膿《かのう》止めを塗ったが、これだけの傷だ。今夜は熱が出るかもしれない」

「はい」

「食えるうちに飯を食って体力を付けておけ」

薬箱を部屋に戻しに行ったカインは、すぐにアイリスの部屋に戻ってきて「食堂が閉まる前に行くぞ」と声をかけてきた。

最初に着ていた白いシャツから深緑のシャツに着替えたアイリスは、カインの背中を追う。

「………。なぜ、何も言わないのですか？」

「何が？　俺はひどい医者嫌いの奴がペアになったから、できる処置をしてやっただけだ」

「見たのでしょう？」

カインは立ち止まると、背後にいたアイリスを振り返る。

「傷なら見たぜ。とんでもない強がりな野郎だと呆れた」

「………」

「俺にとって、ディーンは騎士で、俺の相棒だ。これまでも、これからもだ」

アイリスはハッと顔を上げ、カインの顔を見つめた。

カインは少しだけ困ったように眉尻を下げる。

「まあ、正直だいぶ驚いたけどさ。何か事情があるんだろ？　だから俺は、今日は傷しか見なかった。それでお終いだ」

「……ありがとう」

カインはそのお礼に答えることなく、アイリスの背をバシンと一回叩く。

「さあ、食えよ。お前の腕が早く治らないと、俺が困る」

こんな憎まれ口はアイリスが気を使わないように言っているのだろう。

(私、カインがペアでよかったわ……)

アイリスは前を歩くカインの背中を見つめ、目元をそっと拭った。

◆ 六．剣技大会

アイリスは事件当日こそ熱を出したが、その熱もすぐに下がって元気になった。女だてらに騎士として生活しているので、体力はあるのだ。右腕の切り傷もカインに処置してもらったおかげで傷口が開くこともなく、治ってきている。

カインに傷口の抜糸をしてもらった翌日、アイリスは久しぶりに早朝の訓練場を訪れた。

「いるかしら……」

恐る恐る入り口から中を覗くと、その人はやはり今日もひとりで剣の練習をしていた。すぐにアイリスに気付いたようで、剣を振るう手を止めてこちらに近付いてきた。

「しばらくぶりだな」

「はい。怪我をしてしまったのでしばらく剣の練習はお休みしていたのですが、だいぶ治ってきたのでそろそろ再開しようかと」

「怪我？」

レオナルドが怪訝な顔で首を横に傾げる。

レオナルドには宮殿を拠点とする者だけでも何百人もの部下がいる。アイリスのような新人の怪我までは把握していないのだろう。

「はい。町で窃盗犯を追跡しているときに、逆上していた相手に右腕を切りつけられました」

「剣を持っていなかったのか？」

「持ってはいたのですが――」

アイリスは言い淀む。

実はあの日、先輩騎士からも同じ質問をされた。

なぜ剣で応戦しなかったのかと。

アイリスが説明しようと口を開きかけたとき、レオナルドが先に言葉を発した。

「日中の町中か？」

「はい。大通り沿いです」

「なるほど。怪我をしたのは右腕か？」

「え？　はい」

てっきり失態だと怒られると思っていたのに、すんなりと話を流されてアイリスは戸惑った。

「では、今日は左手だけで俺の剣を相手してみろ」

「え?」

レオナルドは有無を言わせず、アイリスに剣を構えさせる。

(持ちにくいわ)

普段持つことがない左手で剣を握ると、やはり勝手が違う。

レオナルドの攻撃——恐らくかなり力を抜いてくれている——を受けた瞬間、握力が抜けて剣がぐらりと揺れた。

「おい、ふざけるな。実戦においては、ときに体の一部を負傷することもある。例えば、今のディーンでいう右腕だ。そのときも、相手は手加減などしてはくれないぞ」

「え?」

アイリスは驚いてレオナルドを見つめる。

レオナルドはまたこういう状態になったときに備えて、アイリスに稽古をつけてくれているのだ。

「なぜ閣下は、このように私によくしてくださるのですか?」

「俺がよくしていると感じているなら、しごきが足りないな」

「わわっ」

レオナルドがにやっと笑うと同時に剣のスピードがにわかに上がる。アイリスは慌ててそれを受け止めた。けれど、それはやはりアイリスが受け止められるギリギリの速さと強さに調整されていた。

三十分ほど打ち合っただろうか。

息を切らせたアイリスは額の汗を拭う。一方、涼しげな表情を一切崩さないレオナルドは自分の剣を腰の鞘にしまう。カチャンと金属が鳴る音がした。

「昔、お前の父親に俺もこうして稽古をつけてもらった」

「父に？」

「ああ。とても優秀な騎士だった」

レオナルドはどこか懐かしむように、目を細める。

近衛騎士団長だった父の剣技を、アイリスはほとんど見たことがない。

レオナルドはアイリスも含めて、すべての団員にとって憧れの存在だ。父がこの人に稽古をつけていたというのは、不思議な感覚がした。

レオナルドは、ちらりとアイリスの右腕を見る。

「その怪我、剣技大会までには治せよ」

剣技大会とは、年に一回開催される、皇都騎士団の全員が参加する剣技の大会だ。

トーナメント形式になっており、ここで優秀な成績を修めると各師団長の覚えもめでたくなり、出世の道も開ける。

「はい」

アイリスがしっかりと頷く。

「期待しておこう」

レオナルドはほんの少しだけ口の端を上げた。

◇◇◇

剣技大会当日は爽やかな晴天に恵まれた。

アイリスは大空を見上げる。そこには、雲ひとつない蒼穹が広がっていた。

故郷のコスタ領でも、涼しい季節になるとよくこんな空が広がっていたことを思い出す。

アイリスは闘剣場の観覧席に腰を下ろすと、剣を立てるように柄《つか》を握り、そこに額をあてた。

（ディーン。あなたの不利益にならないように、頑張るわ）

剣技大会の結果は出世に大きく影響する。

ディーンのためにも、一回戦で無様に負けるわけにはいかない。

わあっと歓声が聞こえ、アイリスは闘剣場の中央に目を向ける。今ちょうど勝負が付いたようで、倒れた騎士が悔しそうに顔を歪ませている。

「ディーン、そろそろ控え室に行ったほうがいいんじゃないか？」

少し前に試合を終えて戻ってきたカインが、まだアイリスが観覧席にいることに気付き声をかけてきた。

「ええ、わかっています。カイン、第一対戦突破おめでとう」

「ありがとう」

アイリスがカインに祝辞を送ると、カインは照れくさそうに笑う。

アイリスは剣を握ると、席から立ち上がった。

控え室に向かうと、アイリスの対戦相手、ジェフリーは既に準備ができた状態で待っていた。

「チビって逃げ出したかと思ったぜ」

目が合うや否や小ばかにしたように鼻で笑われて、アイリスはちょっとムッとした。

トーナメント戦の相手は各師団長が引いたくじ引きで決まる。アイリスの相手がジェフリーなのは、完全な偶然だ。

ジェフリーは同じ騎士家系出身であるアイリスにライバル心を持っているらしく、何かと突っかかってくる。

「あなたにだけは、絶対に負けません」

「へえ？　第五師団の落ちこぼれのくせに」

アイリスはぐっと言葉に詰まる。

先日負った怪我のせいで、アイリスは何日もうまく剣を扱えず訓練を見学した。そのせいで『落ちこぼれ』と陰で言われているのは知っていた。

闘剣場のほうから歓声が響く。

前の試合が終わったのだ。

剣技大会は頸《くび》か腹に一撃を食らうこと、もしくはどちらかが負けを認め降参するか、審判が試合終了と判断すると勝負が決する。

制限時間は三分で、その間に勝負が決まらないと審判の判定になる。

アイリスは闘剣場の中央に立つと、ディーンと睨み合った。

「始め！」

審判の合図で、アイリスはすぐに攻撃に移ろうと剣を抜いた。しかし、一瞬早くジェフリーが動く。

──カキン！

剣を受け止める、高い金属音が鳴る。

「くっ！」

アイリスは奥歯をぐっと噛みしめて手に力を込めた。

普段から偉そうな口を利いているだけあり、打ち込まれた剣は想像以上に重い。しかし、重さで言うならば、ペアを組んでいるカインのほうが上のように感じた。

それに、毎日のようにレオナルドに剣の相手をしてもらっているせいか、その太刀筋はひどく無駄が多いように感じた。

（腕力に差があるわ。まともに打ち合っては分が悪いわね）

そう判断したアイリスは次々に繰り出される攻撃を受け流しながら後ろに下がる。

ジェフリーが完全に押している状況に、周囲から双方への応援の歓声があがった。

「手も足も出ずに追い込まれるなんて情けないなっ」

せせら笑うようにジェフリーがそう言った瞬間、隙が生まれた。

（いける！）

アイリスは手に握った剣を、流れるようにジェフリーの腹に打ち込んだ。レオナルドに教えられたように、一切そちらを見ず、最短の動きで剣を移動させる。

「ぐはっ！」

模擬剣、かつ防具を身につけているとはいえ、まともに剣を食らったジェフリーは痛みに顔を顰めて体をよろめかせる。

次の瞬間、「勝負あり、やめ。勝者、ディーン！」と審判の声が響いた。


結局、剣技大会の優勝者は第一師団の入団五年目の騎士だった。

アイリスはというと、第三試合で第二師団のベテラン騎士にあたってしまい、かなりの実力差で敗退した。

表彰式が終わると、参加した面々はお互いの健闘を称え、自分達の部屋へと戻る。

アイリスも片付けを終えると、自室に戻ろうと歩き出した。

(お風呂に入りたいわ)

汗をかいたせいで服がまとわりついて気持ちが悪いし、全力でぶつかり合ったせいで、既に手には力が入らなくなっていた。早く体を清めてすっきりしたい。

「おいっ！」

足早に歩いていると背後から呼びかけられ、アイリスは立ち止まった。振り返ると、不機嫌そうなジェフリーがこちらを睨み付けている。

「私に何か?」

「お前、いい気になるな」

ジェフリーは低い声で告げる。

「言っている意味がわかりません」

「今日の試合だ! 俺はお前が腕を怪我したって聞いて、手加減してやっただけだ」

「なんですって?」

アイリスはジェフリーを睨み付ける。

絶対にジェフリーは本気を出していたはずだ。それなのに、なんて言い草だ。

「嘘をつけ! 本気だったはずです」

「はっ! 誰がお前みたいな、女みたいにひょろひょろしてる奴に本気なんか出すか。窃盗犯相手に剣も抜けずにへましたくせに」

ジェフリーはいつものように小ばかにしたように笑う。

あまりの物言いに、頭に血が上るのを感じる。

アイリスに負けたことを手加減していたせいだと正当化して、自尊心を守ろうとしていることは明らかだ。

アイリスが言い返そうとしたとき、トンと肩に手が置かれた。振り返ったアイリスとジェフリーが、同時に目を見開く。

「レオナルド閣下！」

そこには、レオナルドがいた。

澄ました表情のレオナルドは、アイリスとジェフリーの顔を交互に見比べる。

「今たまたま通りかかったところで少し話が聞こえたが、ジェフリーはディーンに手加減をして負けたのか？」

静かに問いかけられ、ジェフリーはピンと背筋を伸ばした。

「はい、そうです。本気を出せば、負けるはずがありませんでした」

「なるほど。怪我をした仲間を思いやるのはよい心がけだ」

レオナルドは小さく頷く。

ジェフリーは勝ち誇ったように表情を緩め、アイリスは悔しさに俯く。

「しかし、ときと場合を考えるべきだな。我々がしていたのは剣技大会であり、真剣勝負の場所だった。そのような場面に、個人の事情を持ち込んだ意図はなんだ？」

「それは……」

次いで聞かれた問いに、ジェフリーは言葉に詰まる。

「真面目にやらない奴は、皇都騎士団には不要だ。以後、肝に銘じておけ。それと、ディーンが任務中に剣を抜かなかったのは、そこで剣で応戦すればすぐ近くにいた市民を傷つける可能性があったからだ」

ジェフリーは顔を歪め、一礼するとその場を立ち去る。その後ろ姿を見送ったレオナルドはため息をつき、アイリスのほうを振り返った。

「気にするな。改善すべき点は多いが、なかなかよい試合だった」

ポンと肩に手を置かれる。

「お前は確かに線が細く、力が弱い。だが、俊敏性に関してはむしろ騎士団でもトップレベルだし、誰よりも努力している。もっと自信を持て」

「……はい」

(レオナルド様、私が怪我をした理由に気が付いていたんだ……)

アイリスは怪我をした右腕を、左手でさする。

ほんの些細なことだけれど、同じ第五師団の先輩騎士達も気付いていないことをレオナルドは状況を知っただけで理解してくれていた。

そのことが、とても嬉しかった。

アイリスの返事を聞いたレオナルドは、それまで崩さなかった表情を僅かに和らげ、微笑んだ。

その笑顔に、胸がドキンと高鳴るのを感じる。

「期待しているぞ」

ポンと肩に手を置かれ、レオナルドはそのままアイリスの脇をすり抜けてゆく。カツカツとブーツの靴底が床にあたる音が遠ざかっていった。

アイリスは自分の胸に手を置く。

憧れが、自分の中で段々と違うものへと変わっていくのを感じる。

(困ったわ)

レオナルドは皇都騎士団の団長であり、アイリスのことを恩師の息子である『ディーン』だと思い、上司として指導している。

それなのに、叶うことならば『アイリス』としても見てほしいと思う自分がいる。

(ばかね。そんなこと、叶うはずないのに……)

女としての人生は、髪と一緒に切り捨てたのだ。

たとえディーンが元気になって自分が女に戻る日が来ようとも、入れ替えに気付かれないためにもアイリスは姿を消すべきだ。

そうわかっているのに、この胸の高鳴りを落ち着かせるのは難しかった。

◇　◇　◇

試合終了後、自身の執務室に戻ったレオナルドは改めて今日の剣技大会の結果の記録を見返していた。記録係が一つひとつの試合について、詳細を記録しているのだ。その中で、ディーンの試合記録に目を留める。

「筋力が弱いんだな」

ディーンの負けた記録を見返し、敗因は打撃を受けた際にグリップが緩んで剣を落としたとなっていた。握力がないことが原因だ。

十七歳ともなれば全体的に筋力が増してきてもいい頃なのだが、ディーンは相変わらず細く、華奢だ。毎日のように訓練を続けているのは間違いないので、元々筋肉が付きにくい体質なのかもしれない。

そして、第三試合より前の記録も見返す。

第一試合は同期のジェフリーとの試合で、押していたのは明らかにジェフリーだった。だが、結果的にはディーンが勝った。記録には『攻撃中に胴体部分の防御に隙ができた』と記載されていた。ジェフリーは勝てると過信して、隙を作ってしまったのだろう。

「あいつは、腕は確かなのだがな……」

名門エイル家の三男であるジェフリーは、ふたりの兄と同じく優れた剣技の持ち主だ。しかし、名門騎士家系出身かつ剣も強いことから少々傲慢《ごうまん》なところが散見され、同じ第一師団に所属する先輩騎士からもその点を再三に亘って注意されていると聞いている。

ただ、第一師団長はエイル家の長男――つまり、ジェフリーの兄だ。周囲の騎士達も、上司の弟をあまり強く叱ることもできないのだろう。

「いっそ、配置を替えるか……？」

そんなことを考えている間に、グレイルが呼びにきた。

「閣下、そろそろ陛下のもとに行くお時間です」

「もうそんな時間か？　わかった」

皇帝ベルンハルトが特に重用している四人の側近達は、毎日決まった時間にベルンハルトのもとへと集まる。その日にあったことや共有すべき事項を報告し合うのだ。

レオナルドも毎日、その会に参加していた。

「今日の試合結果を報告しておくか」

レオナルドは今日の剣技大会の結果の記録を持ち、立ち上がる。

そうして歩いている途中、前方から聞き慣れた声がして足を止めた。

（なんだ？）

言い争うような声だ。

そっと近付くと、通路でディーンとジェフリーが睨み合っていた。

「はっ！　誰がお前みたいな、女みたいにひょろひょろしてる奴に本気なんか出すか。窃盗犯相手に剣も抜けずにへましたくせに」

その台詞を聞き、すぐに状況を理解した。おおかた、ジェフリーがディーンに負けたことを受け入れられず、因縁を付けているのだろう。

レオナルドはどうやってこの場を収めるのが最良かと考え、ふたりに声をかける。

「今たまたま通りかかったところで少し話が聞こえたが、ジェフリーはディーンに手加減をして負けたのか？」

「はい、そうです。本気を出せば、負けるはずがありませんでした」

ジェフリーは勝ち誇ったように答える。

ディーンとジェフリーの試合はレオナルドも見ていた。

確かに、気を抜かなければジェフリーが勝っていただろう。だが、ジェフリーは油断して負けた。それも含めて、勝負なのだ。

それなのに、自分を棚に上げてこうすることでしかそのちっぽけな矜持《きょうじ》を守ることができなかったのかと思うと、逆に哀《あわ》れに思えた。ひと通りの話を聞いてから、レオナルドがジェフリーを諭すと、悔しげな表情で去っていった。

結果的にジェフリーのプライドを傷つけることになってしまったかもしれないが、これを機に気持ちを入れ替えてくれることを祈るしかない。

一方のディーンは悔しそうに俯いたまま黙っていた。

「気にするな。改善すべき点は多いが、なかなかよい試合だった」

ディーンは日々、確実に腕が上がっている。

元々の体格が周囲に劣るせいで目を瞠るような成果は出していないが、騎士としては成長していた。皇都騎士団の中でも平均より上だろう。

毎朝早朝にやってきては、明らかな実力差で負けても必死にレオナルドに食らい付いてくる。

そんなディーンを指導するのは、レオナルドにとって密かな楽しみになりつつあった。

その後、レオナルドはベルンハルトの私室へと向かう。そこには既に他の側近達が集まっていた。

順番にそれぞれの報告事項を伝え、最後がレオナルドだ。

「確か今日は剣技大会だったな？　結果は？」

ベルンハルトがレオナルドに問う。

「優勝は第一師団のトリノ＝レイリックです」

「そうか。その者が次期の近衛騎士の候補か？」

「はい。トリノを含め、腕のよい者を、近日中に数人ピックアップします」

「頼む。ワイバーンとの適性も見てくれ」

皇帝のベルンハルトと皇后のリリアナ妃は時折ワイバーンに乗って出かける。

そのため、近衛騎士になる者はワイバーンを乗りこなせる必要がある。

しかし、実はこれが難題だった。

魔法の国の乗り物であるワイバーンは小型のドラゴンだ。非常に頭がよく、気に入った相手でなければ懐かない。さらに、ワイバーンに乗るためには使い魔の契約を結ばなければならない。

そのため、剣の腕を認められ近衛騎士団に配属されたものの、ワイバーンに乗れずに皇都騎士団に戻ってくる者も少なくなかった。

「かしこまりました」

レオナルドは頷く。一方のベルンハルトは、ふと顎に手をあてた。

「レオナルド。我が国の騎士に、女はいないのか？」

「女……、ですか？」

思ってもいなかった問いだ。

「常に身の回りを守ることを考えると、リリアナの護衛に女騎士がいたらいいと思ったのだ。諸外国では女の近衛騎士も多いと聞く」

そうなのだろう？とベルンハルトが隣にいた柔らかな物腰の男へと声をかける。ベルンハルトの特に重用する側近のひとり、外務長官をしているフリージだ。

「そうですね。国によって人数規模は違いますが、どの国にも何人かはいるようです。後宮を守るのはほぼ女騎士という国もあります」

フリージはベルンハルトの質問にすらすらと答える。

レオナルドは眉根を寄せる。

ハイランダ帝国の騎士に男女の規定はないが、現在までに女騎士の存在は聞いたことがない。誰しもが当然男がなるものだと思い込んでおり、入団試験を受けに来る者すらいない。

「申し訳ありませんが、現時点では思いあたる者がおりません。誰かいたらご報告します」

「そうか」

ベルンハルトは少しがっかりしたような表情を浮かべる。

(女騎士か……)

執務室に戻り際、レオナルドは考える。

ふと、舞踏会の会場で出会ったディーンにそっくりな、あの型破りな令嬢の姿が脳裏に浮かんだ。

◆七．噂

これまでの人生で、これほどまでの屈辱を受けたことがあっただろうか。

剣技大会を終えたジェフリーは私室に戻ると乱暴にドアを閉める。バタンと激しい音がした。

それでも気は治まらずにギリッと奥歯を噛みしめると、机の上に置かれた書類を乱暴になぎ倒した。

「くそっ！　ディーン＝コスタ！」

入団に先立ち、兄達から自分以外にも名門騎士家系の出身者がいると聞き、すぐにライバル心を燃やした。

騎士団の中の出世は暗黙の了解で名門騎士家系出身者が優遇される。現に、ジェフリーの兄達は若くして師団長や副師団長を務めていた。

そして、自分とその地位を争うとすればその相手はディーン＝コスタに他ならない。

しかし、実際に会ったディーンは予想に反し、女のようにひょろひょろとした男だった。配属先も外れと言われる第五師団。

（こいつじゃ、俺の相手にはならないな）

すぐに優越感に満たされる。どうやらディーンが早朝練習をしているようだと気付いたが、それでも平均レベルの技量しかないディーンのことを心の中でばかにしていた。

ところがだ。

油断したのも束の間、ディーンは第五師団の中でめざましい活躍を遂げて、その評判はジェフリーがいる第一師団まで聞こえてくるほどだった。

あの女のような見た目は、町を守るにおいてはかえって有利だった。近寄りがたい雰囲気の皇都騎士団の団員の中ではひと際物腰が柔らかく見えるので、市民から親しみを持たれやすいようだ。

「俺が一番だ。あんな奴に、負けるはずがない！」

ジェフリーは拳をダンッと机に打ち付ける。

血走った目でその手元を見ると、机の上に一通の封筒が置かれていた。

今日届いたものだ。差出人を確認してから乱暴にその封を切ると、中をざっと確認する。

「なんだと……」

ジェフリーはその便箋《びんせん》の文字を追い、呆然と独りごちる。

【ディーン＝コスタは一年半以上にも亘る病で起きることもままならない。姉のアイリス＝コスタは働くために皇都に出てきているが、どの屋敷に勤めているのか足取りは掴めていない――】

ディーンの弱みを掴もうとコスタ家ゆかりのものに金を握らせて調べた調査書には、そう書かれていた。

ジェフリーは何度もその文面を目でなぞる。

「ディーン＝コスタが病弱で、起き上がることすらままならないだと？」

では、自分の目の前に現れたあのディーンはいったい誰だ？

もう一度文面をなぞり、ひとつの可能性に行きあたった。

「もしかして……」

この予想があたっているとすれば、コスタ家はとんでもない秘密を抱えていることになる。

ディーンに一矢報いることができるに違いないと、ジェフリーはひとりほくそ笑んだ。

◇　◇　◇

執務室で書類を確認していると、ノックの音が聞こえグレイルが入室してきた。

レオナルドは入り口をチラリと確認し、また書類へと視線を移す。グレイルの持っている書類の束を見て気が滅入るのを感じた。

元来軍人のレオナルドは、事務仕事よりも訓練をして体を動かしているほうが性に合う。しかし、ハイランダ帝国副将軍兼皇都騎士団、及び近衛騎士団の団長ともなると、そうも言っていられないのが現実だった。

「先月の皇都犯罪月報をお持ちしました」

「ああ、助かる。特に変わった点は？」

レオナルドは書類から顔を上げ、グレイルの報告を待つ。

「確認された犯罪件数は例月と横ばいです。一番多いのが窃盗、次が暴行、詐欺……。あとは、以前から問題になっている違法薬物の押収が続いています」

「そうか……」

違法薬物とは、ハイランダ帝国で使用が禁止されている薬物のことだ。幻覚・幻聴作用があるものや、徐々に人の体を蝕《むしば》み死に至らせるような毒薬が含まれる。

ここ一年ほどそれらが押収されることが増えており、皇都騎士団では取り締まりを強化していた。

「押収したものは、宮廷薬師に届けたか？」

「はい。既に分析を依頼しております」

グレイルはすぐに頷く。

宮廷薬師は国に仕える薬師の総称で、皇帝のための薬の処方はもちろんのこと、何か薬に関する問題が発生した際に調査・分析・研究にあたる役目を負っている。

「押収してもすぐに出回るということは、どこかにこちらが把握していない製造施設があるはずだ。引き続き調査しろ」

「かしこまりました」

グレイルは心得たと一礼する。

「他に気になることは？」

レオナルドは犯罪月報を執務机の脇に置き、グレイルに確認する。グレイルは考えるように視線を宙に漂わせ、レオナルドを見つめた。

「最近、おかしな噂が若手の騎士団員を中心に広まっています」

「おかしな噂というと？」

「ディーン＝コスタは女であると」

レオナルドは額に手をあて、眉間に皺を寄せる。

ディーンのことは、レオナルドも初めて出会ったときに女だと勘違いした。そういう噂が立っても不思議でないほど、女性的な男なのだ。

「男ばかりの集団にいて、思考がおかしくなっているな。公開訓練から令嬢を閉め出したのがまずかったか……」

「いえ。そうではなく、ディーン＝コスタは病弱で、長年ベッドから起き上がるのもやっとの状態だと」

「ばかばかしい。入団のときにコスタ家の証明はあったのだろう？　なら、あのディーンは何者だというんだ？」

「姉ではないかと」

「ディーンは国中の精鋭が集められた皇都騎士団においても遜色《そんしょく》ない剣技者だ。あんな剣捌きの貴族令嬢がいると思うか？」

グレイルは答えることなく、肩を竦めて両肘を折り、手のひらを上に上げた。

レオナルドは話を切り上げ、グレイルは一礼して部屋を辞す。

ドアが閉められるのを見届けてから、レオナルドはどさりと背もたれに背中を預けた。

「ディーン＝コスタが女？　ばかばかしい」

もし姉だとすれば、コスタ家は子爵家なので子爵令嬢ということになる。

レオナルドはかつての舞踏会で一度だけ会った、型破りな令嬢の姿を思い浮かべた。

似ている。

確かに、ディーンとあの令嬢は瓜ふたつと言ってもいいほど似ていた。

だが……。

（あれほどまでに戦える騎士が、女などあり得るはずがない）

そうは思ったものの、レオナルドの中で何かが引っかかった。

そのとき、ノックする音がしてドアが開く。ひょっこりと顔を出したのはカール

だった。

「今いいか？」

「ああ」

カールはいつものように応接用の椅子に座り、国内貴族情勢で気になる点を告げて

いく。

レオナルドはカールの話に聞き入りながらも、先ほど聞いたばかげた話が頭を離れ

なかった。

見た目が女のようであるだけではない。

ふとしたときに見せる表情、十七歳という成長期にありながら一向に伸びない背、声変わりを迎えない高い声、筋力が付きにくい体質。

それらはすべて、ディーンが女であったとすれば納得できることだった。

「カール、調べてほしい貴族がいるんだが……」

「誰だ？　怪しい動きの奴がいるのか？」

普段は柔和なカールの表情がサッと引き締まる。

「いや、そういうわけではないんだが……。前に少し話した令嬢のことだ」

「ああ、あれ！　誰かわかったのか？」

カールの表情が、輝く。興味津々といった様子だ。

「ああ。コスタ家の令嬢とその家族について、調べられるか？」

「コスタ家？　名門騎士家系じゃないか！　お前の相手にぴったりだな。よし、俺に任せろ！」

嬉々としたカールは胸に手をあてると、得意げに笑う。

カールを見送った後、レオナルドは再びソファーにもたれかかった。

そんなことがあり得るはずがない。

そうは思いつつも、心の中の引っかかりを拭うことはできなかった。

◇◇◇

それは騎士団の休憩時間、詰め所でひと息ついていたときのことだ。

「あぁ？」

カインは不機嫌さを露わにして、眉を寄せた。

「んなわけねーだろ。お前、それを本気で信じてるわけ？」

「いや、そういうわけじゃないんだけど……」

目の前にいる同期の騎士は、カインの怒り具合を見て言葉尻を濁す。

「じゃあ、二度とそのくだらない質問を俺にするな。ディーンに対しては、言わずもがなだ」

「わかったよ、悪かったって」

強い口調で叱責され、同期の騎士は肩を竦めてすごすごと退散する。

その後ろ姿を見送り、カインははあっと息を吐いた。

ここにいると碌《ろく》なことがない。

場所を変えようと、立ち上がって厩舎《きゅうしゃ》へと向かった。

厩舎の中で、ピシッと黒色の騎士服を着込んで自身の馬の世話をするアイリスの後ろ姿を見つけ、カインは声をかける。

「ディーン」

「ああ、カイン」

アイリスは愛馬を手入れするブラシを手に持ったまま、こちらを振り向いて口元に微笑みを浮かべる。

「どうしましたか？　機嫌が悪いですね」

ペアであるカインの変化を敏感に感じ取ったようで、アイリスは小首を傾げる。

「また、同期のやつに聞かれた。ディーン＝コスタは女だろうと」

「そう……」

アイリスは表情を曇らせ、俯く。

ここ最近、皇都騎士団の若手を中心に嫌な噂が広まっていた。それは、『本物のディーン＝コスタは病床に伏しており、騎士団のディーン＝コスタは偽者の上に実は女である』というものだ。

皆、アイリスに直接聞くのは憚《はばか》られるようで、ペアのカインに真相はどうなのかと聞きに来るようだ。

「何も言ってないから安心しろ」

「ええ、助かります」

アイリスは曖昧に微笑んで、礼を言う。

しかし、内心ではかなり焦っていた。

先日はジェフリーに『ここで服を脱いで証明したらどうだ?』と挑発され、怒り心頭に発したカインが殴りかかろうとして同期総出で止めに入るという事件まで発生した。

(なぜ、こんな噂が立ったのかしら?)

アイリスが女であると憶測されるだけならまだしも、ディーンが病床に伏していることまで噂になっているのは妙だった。

コスタ領と皇都はそれなりに距離があり、馬車で二時間かかる。こんなところにまでディーンの病気のことが伝わるのは考えにくい。

(もしかして、叔父様が?)

薬を手配している叔父のシレックは、時折皇都に来ていると聞いたことがある。もしかして、そのときに話したのでは――。

アイリスはそこでまた首を振る。

それにしてもおかしい。

そもそも、皇都騎士団の団員と叔父にコネクションがあるとは思えない。それに、叔父はコスタ家を乗っ取りたがっている。コスタ家にとって不利益な情報は漏らさないはずだ。

（では、どうして？）

アイリスはまた考え込む。

どんなに考えても、その原因はわからなかった。

◇◇◇

カールの仕事は早かった。

依頼した一週間後にはコスタ子爵家に関するありとあらゆる情報を調べ上げ、レオナルドのもとへと持ってきた。

レオナルドはその報告書を読みながら、額に手をあてる。

「ディーン＝コスタは病床に伏せっているということで間違いないんだな？」

「俺も信じられなくて再調査したが、間違いない。ディーン＝コスタはコスタ領にいる」

「では、あのディーンは……」

「間違いなく、姉のアイリス＝コスタだろうね」

カールから渡された報告書には、ディーンが別人であることはほぼ間違いないという事実がつらつらと書かれていた。

コスタ家の本当の嫡男であるディーン＝コスタは十六歳になる少し前に突如体調を崩し、その後ベッドから起き上がるのもままならない状態になったという。

後見人を名乗る叔父は財産を食い潰すだけで碌なことはしておらず、姉のアイリスが仕送りをしてなんとか食いつないでいることも記載されていた。

さらには、レオナルドが初めてアイリスと出会った日にいた元婚約者の近況まで詳細に調べ上げられた力作だ。

「この叔父のシレック＝コスタって奴が碌でもなくてさ、両親が亡くなった後はコスタ家の後見人を名乗ってやりたい放題だったみたいだよ。かなり派手に金品を使って、偉そうに振る舞っていることが確認されている。恐らく、遺産だろうね」

「そんなにたくさんの遺産があるのか？」

「まさか。もう、ほとんど残っていないはずだ。現に、今も残る使用人はほとんど無給で働いているようだからね。アイリス＝コスタも外に出るときはいつも流行遅れの古いドレスを着ていたという証言がある」

「古いドレス……」

レオナルドはあまり女性の衣装に興味を持たないので何も思わなかったが、言われてみれば確かに舞踏会で出会ったときも古びたドレスを着ていたような気がしなくもない。

「挙げ句の果てに、この元婚約者も不誠実な男だったみたいだね。アイリス嬢と婚約破棄した後に別の男爵令嬢と結婚しているけど、そろそろ出産だ」

「そろそろ出産？」

「まあ、そういうことだろうね」

カールは肩を竦めてみせる。

レオナルドの記憶では、あの舞踏会の日、アイリスは元婚約者の男と婚約破棄の話をしていたように思う。それから妊娠したのでは時期が合わない。

ということは、婚約中に別の恋人を作り、アイリスを捨てたということなのだろう。

「なんか調べていて、やるせない気分になったよ」

カールははあっと息を吐く。

「十七歳の子爵令嬢っていったら、普通は綺麗なドレスを着て友人達とお茶でも飲んで楽しく過ごしている時期なのに――

――頼る人がいなくて、こうするしかなかったんだろうね。

カールの小さな呟きは、部屋の中で溶けて消える。

そして、険しい表情のまま書類を見つめていたレオナルドに視線を向けた。

「彼女、どうするの？」

「経歴詐称の場合、騎士団からの除名だ」

「経歴は合っているんだけどね。唯一違うのが、名前だ」

皇都騎士団はそもそも男が入団してくることしか想定していなかったため、性別の申告欄がなかった。

アイリスとディーンは双子であるため誕生日も住所も経歴も同じ。

コスタ家の人間であることも間違いない。唯一違っていたのが、名前だった。

「まあ、ここの人事権はお前にあるから任せるよ」

カールは後ろに倒れて椅子にもたれかかると、アッシュブラウンの髪を掻き上げて困ったような表情をした。

◇　◇　◇

翌朝、レオナルドが訓練場で剣を振るっていると、アイリスはいつもよりも少し早めにやって来た。

「閣下、おはようございます！」

明るい呼び声がした。到底男とは思えない、高い声だ。

「ああ、おはよう。……ディーン」

レオナルドは手を止めて、アイリスを見つめた。

黒い騎士服をびしっと着込んでいるが、体の線の細さは隠しきれない。

「今日は早いのだな？」

「はい。昨日は雨で訓練できなかったから、今日は昨日の分までやろうと思います」

アイリスはそう言うと、下ろしていた髪を組紐でひとつに結ぶ。そして、一部の髪がほつれ落ちたことに気付くと、それを摘《つ》まみ上げた。

レオナルドはその様子をじっと観察した。

（どうりで華奢なわけだ）

男にしては不自然なまでに細い手足は、女と思えば違和感がなかった。

ふとアイリスがこちらへと視線を向けて首を傾げる。

「閣下、どうかされましたか？」

「……いや、何でもない」

どきりとして咄嗟に目を逸らす。

じっと見すぎて不審に思われてしまったようだ。

アイリスは不思議そうな顔をしたが、すぐににこりと笑った。

「髪が伸びてきたので、切ろうかと思いまして」

「そのままでいいのではないか？」

レオナルドは首を横に振る。

貴族令嬢にとって、長く美しい髪はとても大切なものだと聞いたことがある。女心はあまり理解できないが、アイリスにとってもそれは同じではないかと思ったのだ。

それに、アイリスの髪はとても美しい。舞踏会で会ったときは夜だったが、なんとなく、髪の長いアイリスを昼間に見てみたい気がした。

「結んでいれば邪魔にならないだろう」

アイリスは目を瞬《また》いてから、摘まんでいたひと房の髪を見つめる。

「では、そうすることにします」

素直に従ったその様子から、本当は髪を切りたくないのだということは予想がついた。


いつものように剣の相手をしてやるが、どうにも調子が狂う。

男だと思っていたから多少無理させても平気だと思っていたが、女だとわかるとどれくらいの加減でやればいいのか迷った。

アイリスはレオナルドの気など露ほどにも知らず、いつも通り全力で向かってくる。

打ち付けられた剣をなぎ払うときに、普段より少し力を抜いた。すると、今日はふき飛ばされなかったアイリスは回転を利用して鋭い回し蹴りを繰り出してきた。

レオナルドは咄嗟にその足を上腕で受け止め、払い倒す。今度こそアイリスは後ろにはじけ飛んだ。

「大丈夫か⁉」

後ろに倒れて背を打ったアイリスは悔しそうに唇を引き結ぶ。レオナルドはやりすぎたかと動揺し、助け起こそうと手を差し出す。

普段は手を貸さないレオナルドが手を差し出したことにアイリスは少し驚いたような表情を見せる。

しかし、照れくさそうにはにかむとおずおずと手を重ねてきた。

きゅっと握られた手は毎日剣を握るせいで豆だらけだったが、それでも男の手に比べれば遥かに柔らかく、小さくて心もとなかった。

（こんなに小さな手でコスタ家を支えてきたのか）

守ってやりたいという感情が、自然に芽生えるのを感じた。

一方のアイリスはレオナルドの心の内に気付く様子もなく、慣れた調子で服に付いた土埃を払うと、すぐに剣を握り直した。

「お前は強いな」

レオナルドはしみじみと告げる。

こんなに細い体で貴族令嬢が単身騎士団に乗り込んでくるなど、常識では考えられない。ましてや、そこで男に交じって騎士としてなんとかやっていっているのだから驚きだ。

「以前よりも強くなりましたか？」

剣のことを褒められたと思ったアイリスは、くしゃりと表情を崩し嬉しそうにはにかんだ。

「っ！」

その瞬間、周囲が花が咲いたかのように華やいだような気がした。

◆八. 事件

皇都騎士団はハイランダ帝国の皇都の治安を守るのが役目であり、犯罪組織の撲滅もその任務のひとつだ。

この日、皇都騎士団にはにわかに緊張感が漂っていた。

ここ最近の懸念事項であった違法薬物の密売組織のアジトと思われる基地を遂に突き止め、本日その突入作戦が行われる予定だからだ。

皇都の治安維持は普段であれば第五師団が中心となるが、今日は人手が必要になるということで他の師団からも助っ人が加わり、その総指揮官には団長であるレオナルドが直々に出るほどの大がかりのものだ。

「――各ペア、配置についたら作戦通りに行動するように」

第五師団長が突入前の最終説明と確認を行う。

アイリスもメモを見ながら自身の配置場所を確認した。

作戦では、普段のペアが突入するアジトの周辺に分かれて待機し、先行突入部隊の合図と共にその待機している部隊も一斉突入するというものだった。

後から突入する役目になっていたアイリスは、カインと共に決められた配置につく。

じっと息を潜めて待っていると、向こうから騎士団の別のメンバーが走り寄ってくることに気が付いた。

「どうした？」

カインが尋ねる。

「師団長から」

「何？」

アイリスとカインは差し出された封筒に視線を落とす。真っ白な封筒で、表に【カイン、ディーン隊】と書かれていた。差出人は書かれていない。

「じゃあ俺、自分の配置に戻るから」

渡しに来た騎士は息を切らせながらそう言い残すと、すぐに走り去ってゆく。アイリスとカインは顔を見合わせてから、その封を切った。

「こんな直前に、作戦変更？」

そこには、作戦を変更してアイリス達は合図を待たずに先行突入するようにと記載されていた。さらに、手紙自体を燃やすようにとも。

「確認しに行くにも時間がないな」

手紙を握りしめたカインは騎士団で支給されている懐中時計を懐から出し、確認する。指定された作戦実行時間まであと五分もない。

「仕方がない。やるか」

「そうですね」

持っていたマッチで指示通り手紙を処分し終えたカインが灰を地面になじませるようにブーツで踏みつける。アイリスは腰に愛剣がぶら下がっていることを確認し、建物の中に身を投じた。


おかしいと気付いたのは、すぐだった。

作戦では先行部隊が四方向から突入することになっていたのに、自分達以外に誰も突入している気配がないのだ。

それでも前へと進んだアイリス達は、壁に背を沿わせたまま周囲を警戒する。

「どっちだ?」

カインは前方を見つめ、目を眇める。

目の前には長い廊下が伸びていた。

所々に灯りのランプがぶら下がっているものの、薄暗い廊下の先まではっきりと見通すことはできない。

　さらに、建物内は思った以上に入り組んだ構造をしており、長い廊下には枝分かれした通路がいくつも伸びていた。すぐ近くには階段もあり、上階と地下のどちらにも繋がっている。

　本来なら四方向から突入して、逃げる密売人を袋小路に追い込むことができるはずだった。しかし、これではどちらに行くべきかがわからない。

「一旦引くか？」

　反対側の壁に背を預けているカインが、アイリスをちらりと見やる。

「しかし、私達が引けば計画の一部が崩れてしまいます」

　アイリスは首を横に振った。

　息を潜めて耳を澄ますと、微《かす》かに物音が聞こえた。

「下？」

「そのようだな」

　アイリスは階下に目を向ける。壁に取り付けられたランプの明かりで、仄暗い階段がぼんやりと浮かび上がっている。暗くて、階段の先は真っ黒な洞窟に繋がっているかのように見えた。

「行くぞ」

「はい」

カインに合図され、アイリスは力強く頷く。そして、ふたりは一気に階段を駆け下りた。

階段を下りきった先にはドアがあり、勢いよく開けるとそこには四人の男がいた。

鼻につくのは薬屋のような独特の薬草の匂い。

ランプで照らされた地下室内には多数の薬草が置かれているのが見え、ここで違法薬物を作っていることは間違いないだろう。

「動くな！　皇都騎士団だ！」

アイリスが剣を抜き、声を張りあげる。

驚いた様子の男達が慌てた様子で手を上げたのでホッとしたそのとき、ひとりが壁際にぶら下がる紐を引いた。

ガラン、ゴロン、と鐘の音が鳴り響く。

（まずいっ！）

すぐに、仲間を呼ぶための合図だとわかったが、ここで逃げ出すわけにもいかない。

背後からドタバタと複数の足音が聞こえてきた。

「何事だ！」

勢いよくドアが開け放たれ、見張りと思《おぼ》しき大男達がなだれ込む。

「我々は皇都騎士団です。違法薬物の製造と所持の疑いで連行します」

アイリスの声に、飛び込んできた先頭の大男は拍子抜けしたような顔をしてにやりと笑った。

「なんだ。非常時の鐘が鳴ったから何事かと思ったら、ひとりはガキじゃねえか。やっちまいな」

顎をしゃくるような合図に、後ろに控えていた大男が剣を抜く。

アイリスとカインも咄嗟に剣を構えた。

足に力を入れて一気に攻撃にかかる。こちらがふたりに対して相手は見張り役の大男六人と武器を持たない作業員の男が四人。二対十とかなりきついが、少しの時間を稼ぐぐらいならなんとかなるだろう。

しかし、予想以上に雇われの大男達は剣が立った。もしかすると、流れの傭兵《ようへい》でもしていたのかもしれない。

さらに、いつまで経っても応援は来なかった。

「くそっ、まだか」

カインが苦しげに叫ぶ。

アイリスも必死に、剣を受け流した。

（なぜ、誰も突入してこないの？）

さすがにこの人数の剣の腕に覚えがある者をふたりで相手にするのは無理だった。

それでもふたりをなんとか気絶させたアイリスの腹部に、ガツンと大きな衝撃が走る。

「ぐっ！」

胃がせり上がるような強烈な痛みを感じた。体が吹き飛び、石の壁に叩きつけられる。

「ディーン！　大丈夫か！」

「問題ありません！」

気を失いそうな痛みだが、普段からさんざんレオナルドに吹き飛ばされているアイリスはぐっと歯を噛みしめて立ち上がると剣を握る。しかし、容赦なく襲ってくる剣を今度は脇腹に受けた。

咄嗟に自分の剣を滑り込ませて直撃を避けたが、鋭い痛みが走りバキッとあばら骨が折れる嫌な音がした。

ガシンと地面に叩きつけられる。

「ディーン！」

カインが叫ぶ。

（こんなところで、死ねないわ。ディーンが待っているもの）

アイリスは霞《かす》みそうな目をしっかりと開き、なんとか握っていた剣を支えに再度立ち上がる。そして、目の前の男の顔面に回し蹴りを入れた。男が背後に倒れ、気を失う。

作業員のひとりが「ひっ！」と悲鳴をあげて逃げてゆくのが見えた。

「あと四人……」

息が切れる。

相手の剣をまともに受けたのかカインの悲鳴が聞こえたが、自分のことに必死で加勢する余裕はなかった。いつの間に切ったのか、目の上から滴り落ちる血のせいで視界もよく見えない。

ドタドタと階段を駆け下りてくる足音がまた聞こえてくる。

「皇都騎士団だ！　床に伏せろ！」

大きな怒声が聞こえてきて、助かったのだと悟った。一斉に皇都騎士団の団員がなだれ込んできて、密売人の一味を拘束してゆく。

「ディーン、カイン！　誰か、ふたりを運べ。医務室に――」

師団長の焦るような声が聞こえた。

「私は大丈夫です。それより、カインを」

アイリスは意識が朦朧《もうろう》とする中、必死に立ち続け首を横に振る。

「ばかを言うな！　お前も行くんだ。こんな血塗れで！」

血塗れと聞いて自分の姿を見下ろすと、足下に水たまりのように血が滴り落ちていた。必死すぎて気が付いていなかったが、どこか負傷していたらしい。全身が痛かった。

（血が足りないわ……）

カランッと手から剣が滑り落ちる。支えを失った体は、地面へと頽《くずお》れる。

「私は大丈夫です。医務室には行かない……」

アイリスはうわごとのように繰り返す。医務室に行けば、これまでの苦労がすべて水の泡だ。絶対に行けない。

ぐいっと力強く体を支えられて見上げると、今回の作戦の総指揮官であるレオナルドが眉を寄せて至近距離からこちらを見下ろしている。

「閣下……」

「医務室へ行くぞ」

「私は大丈夫です」

「自力で立てない奴を大丈夫とは言わない。足手まといだ」

レオナルドは吐き捨てるように言うと、アイリスの体を抱き上げた。

（嫌だ……）

逃れようとしたけれど、もはや手に力が入らない。自分を支える力強い腕に、ひどく安心した。

「よく耐えたな」

囁くような声が頭上から落ちてくる。

それがアイリスの、その日の最後の記憶だった。

気が付いたとき、視界に最初に映ったのは真っ白な天井だった。

その天井からは、シンプルなランプがぶら下がっている。

ぎこちなく首を回すと、少し開けられた窓にかかるカーテンは風で揺れており、その隙間からは真っ青な空が見えた。

体中が痛い。なんとか動く腕を上げると、洗濯したての真っ白な布が目に入り、袖の下の肌に包帯が巻かれているのが見えた。

（なんてこと……）

アイリスは両手で顔を覆う。

自分は意識を失い、医務室に担ぎ込まれたのだろう。

体に巻かれた包帯から判断するに、医者や看護師にも体を見られたはずだ。それはすなわち、女であることがバレたことを意味する。

カチャリと音がしてドアに目を向けると、若い女性が入ってくるところだった。

アイリスはその姿を見て目を見開く。見覚えがある人だったのだ。

「あなたは……、カトリーンさん？」

ハイランダ帝国ではまず見かけることがない波打つ金色の髪に花のようなピンクの瞳。

それは、アイリスがよくディーンのための薬を買い求めに行っている薬屋の薬師だった。

「改めてこんにちは。私、宮廷薬師もやっているの。傷の具合を見せてくださいね」

目の前の薬師――カトリーンはアイリスのもとまで歩み寄ると、包帯を解いてゆく。

そして、傷口を確認してふむと頷いた。

「だいぶよくなってきているわ。手や指は動く？」

「動きます」

あのとき最後に見た血だまりから判断するに相当大きな傷を負っていたはずだが、驚いたことに傷口はほとんど塞がりかけていた。相変わらず、この人が作る薬は抜群に効き目がいい。

「そう。よかった」

ホッと息を吐いたカトリーンが、新しいガーゼをあてがってまた包帯を巻いてゆく。続いて胸部や足も同じように観察してゆき、最後に「ごゆっくり」と微笑んで部屋を出た。

その数分後、再びカチャリと音がした。カトリーンが何か言い忘れでもしたのかと思ってそちらを見たアイリスは、そこに現れた人物を目にした途端、表情を強ばらせた。

「閣下……」

ドアの前には、レオナルドがいた。

レオナルドはアイリスの顔をチラリと見ると、後ろ手でドアを閉める。カチャンという音が、シーンとした部屋に響き渡る。

カツカツとアイリスのいるベッドに歩み寄ると、レオナルドはアイリスを見下ろした。

「加減はどうだ？」

「だいぶよくなりました。ご迷惑をおかけして申し訳ありません。助けていただき、ありがとうございます」

アイリスはベッドの上で、ぺこりと頭を下げる。

「団員が怪我をしていれば助けるのは当然だ。加減がよいなら、よかった」

「あの……、カインは？」

「隣の部屋にいる」

レオナルドはそれだけ言うと、アイリスのベッドの前にある椅子にドサリと座る。

「確認させてくれ。あのとき、なぜ事前の作戦通りに動かなかった？」

「………？　直前に作戦変更の知らせを受け取ったので、その通りに動きました」

「なんだと？」

レオナルドは表情を険しくして、アイリスを見つめる。

「作戦変更の知らせは誰から受け取った？」

「第一師団のセリアンです」

アイリスはあのとき起こったことをひと通りレオナルドに説明した。レオナルドは眉間に皺を寄せたまま、考え込むように額に手をあてる。

「話はわかった。では、最後にひとつ聞こう」

レオナルドは茶色い瞳で射貫くようにアイリスを見つめる。

「なぜ男の姿で騎士団に入った？　ディーン。いや、アイリス嬢と呼んだほうがいいか？」

アイリスはひゅっと息を呑む。

医務室に運び込まれたのだから、多くの人に体を見られた可能性は予想していた。

団長であるこの人に、真実が伝わらないはずがないのだ。

アイリスは唇を噛み、ぎゅっと手を握りしめる。

（ああ、終わったのだわ。何もかも……）

天を仰いだが、状況は変わらない。頬をひと筋の涙が伝う。

「すべての責任は私にございます。甘んじて罰は受け入れましょう」

ディーンである必要がなくなったアイリスは、静かにそう告げた。

どんな罰であろうと、受け入れる覚悟はできている。

自分はどうなろうと構わない。

けれど、ディーンにコスタ家当主の座を残してあげられなかったことが、そして何よりも、今まで親身になって自分を指導してきてくれた目の前の人に裏切りの事実を知られたのだということが胸に突き刺さり、心は張り裂けそうだった。

「私はこの後、どうなるのですか？」

「お前の処遇はこれから陛下にも相談する。なにせ、前例がない」

「そう……ですか」

アイリスは目を伏せる。

視界に映る毛布を包む真っ白なシーツには、放射線状に広がる縦皺ができて波打っていた。アイリスがぎゅっと握りしめているせいだ。

今の時点ではどんな処遇になるかわからないが、それなりの覚悟が必要だろう。

「では、その処分をお待ちします」

「……………。まずは怪我を治すんだ。わかったな？」

「はい」

この期に及んで未だに自分を部下として気遣ってくれる目の前の人の優しさに、また涙が滲みそうになった。

アイリスの病室を出たレオナルドは、深いため息をつく。

医務室に連れて行けば、医者や看護師、薬師など多くの者にディーンが女であることが知られることはわかっていた。それでも、あの状況を見れば連れて行かないわけにはいかなかった。

もしも連れて行かなければ、アイリスはあのまま命を落とす可能性があったからだ。

ただ、これまでは女であることを知りながらそっと見守っていたが、さすがにこの人数に知れ渡るとレオナルドが口止めしたところで完全にその事実を隠し通すのは無理だ。

ディーン＝コスタは実は別人である姉が成り代わっていたとして、なんらかの処分を下す必要がある。

アイリスの隣の病室のドアがカチャリと開く。

ちょうどカインの包帯を巻き終えた宮廷薬師のカトリーンが、部屋から出てきたところだった。

カトリーンはリリアナ妃と同じ魔法の国の出身で、この国で唯一『魔法薬』と呼ばれる魔法の力を付与した薬を作れる宮廷薬師だ。そして、魔法薬は通常の薬よりも格段に効き目がいい。

「カトリーン」

「あ、レオナルドさん」

使用済みの包帯類を入れた籠を脇に抱えたカトリーンは、レオナルドに気が付くとぺこりとお辞儀をした。

「あいつの傷の具合はどうだ？」

「傷口はほとんど塞がっているわ。ただ……」

カトリーンは表情を曇らせ、言葉を詰まらせる。

「ただ、なんだ？」

「彼、右腕をかなり複雑に骨折していたの。魔法薬は傷の治りを早くしたり、本人の回復力を高めたりすることはできるのだけど、完全に壊れたものを治すことはできないわ。つまり……」

「右腕は、完全には治らないということか？」

「ある程度は回復すると思うのだけれど、この国の医療水準と私の魔法薬の力では完全に治すことは難しいわ」

――治せない。

その言葉を聞いた瞬間、暗澹《あんたん》たるものが胸の内に広がるのを感じた。

カインは入団一年目の騎士の中で、特に有望であると師団長からも報告が上がっていた。前途洋々たる輝かしい未来が広がっていたはずなのに、その道が絶たれたのだ。

「カインにそのことは？」

「いいえ、伝えていないわ」

「なんとか治す方法はないのか？」

カトリーンはじっと考え込む。

「さっきも言った通り、魔法薬で治すのは限界があるの。あり得るとすれば――」

　カトリーンはレオナルドにひとつの可能性を告げる。

　それは、高度な治癒魔法を使いこなせる者に治してもらうという方法だった。

レオナルドが病室に入ると、カインは上半身を起こしてベッドに座っていた。

「加減はどうだ？」

「……傷の痛みはなくなりました」

「そうか」

レオナルドはそれ以上は聞かずにベッドの横の椅子に座ると、カインを見つめる。

「ひとつ確認させてくれ。突入作戦のとき、なぜ指示通りに動かなかった？」

「指示通りに動かない？　いいえ、動きました」

「動いた？」

「はい。突入してすぐにおかしいとは感じましたが、指示書にそう書いてあったので自分達が戻ると作戦が崩れると思い、そのまま進みました。ただ、突入後のことは指示書に記載されていなかったと思います」

「…………。その指示書は誰が持ってきた？」

「第一師団のセリアンです」

（同じだな……）

カインが言うことは、アイリスと全く同じだった。

だが、レオナルドは直前に作戦変更など指示していないし、師団長が勝手にそんなことをするとも思えなかった。

（これは、徹底的に調査する必要があるな……）

「話はわかった。今はゆっくりと養生しろ」

「ありがとうございます」

ぺこりと頭を下げるカインに見守られながら、レオナルドは部屋を後にした。

その翌日のこと。

グレイルからの報告を受け、レオナルドは考え込むように腕を組んで天井を睨んだ。

「報告内容に間違いはないか？」

「ありません。複数回に亘って関係者から聴取しました」

「………」

レオナルドがグレイルに調査させているのは、先日の違法薬物摘発事件の顛末《てんまつ》だった。

入念な計画がされて団員達にも事前説明がされていたにも拘わらず、ひと組の団員ディーン——本当の名はアイリスだが——とカインが先行突入して大怪我を負った。

助かったからよかったものの、もう少し遅ければふたりとも死んでいたかもしれない大怪我だった。

このときの経緯に関して、少々不審な点があった。

「ということは、第五師団長は指示を出していないのだな？」

「はい。一緒にいた副師団長にも確認しましたが、そのような指示はしていないと」

「だが、アイリスとカインは指示を受けたから突入したと言っている」

「はい。そこの情報の錯綜がどうして起きたのかがわかりません。しかも、受け取った指示書は内容に従って燃やしてしまったようなのです」

なぜ事前の計画を無視して先行突入など無謀な真似をしたのか。

軍を兼ねる騎士団において、命令に背いた独断行動は厳禁だ。本当の戦争であれば、その行動ひとつで、何千人もの仲間達が命を落とすことになりかねない。

事態を重く見たレオナルドはこの件に関して徹底調査を命じた。

しかし、ふたりは口を揃えて「直前に手紙で指示を受けた」と言うのだ。

レオナルドは直接ふたりと話をしたが、その様子はその場逃れで言っているようには見えなかった。

それに、レオナルドは上司として、ふたりがそのような稚拙な嘘を言う人間ではないと確信している。

「指示書を届けた団員はセリアンか？」

「はい、本人もそれは認めています。ただ、セリアンは指示書が落ちているのに気が付いて届けただけだと」

「落ちていた？　どこに？」

「待機しているときに届いた指示書を確認していたら、足下に落ちているのを見つけたと。自分達の指示書に紛れていたのだと思って届けたそうです。それは一緒にいたペアの隊員も見ているので間違いありません」

「…………」

レオナルドは宙を睨む。

何かがおかしい。

第五師団長は指示を出していないのに、アイリスとカインは指示を受けた。そして、その指示に使われた指示書を拾ったのは、全く関係ない第一師団の団員……。

「内部に情報撹乱を企んだ奴がいるな」

考えたくはないが、それが一番しっくりとくる。

もしそうだとするならば、絶対に看過することはできない。

「引き続き、調査にあたってくれ」

「承知いたしました」

グレイルがぺこりと頭を下げる。そして、何か言いたげにレオナルドを見つめた。

「なんだ？」

「ディーン……、アイリスはどうするのですか？」

グレイルからの問いかけに、レオナルドはグレイルを見返す。

医務室に運ばれたことにより、多くの人間がディーン＝コスタが女であることに気付かされた。まだ二日しか経っていないというのに、今やディーン＝コスタはアイリス＝コスタであることが多くの団員に知れ渡っている状態だ。

「あいつの今後については、少し考えがある。陛下にも相談して、判断を仰いでいるところだ」

「そうですか。では、そのご判断をお待ちします」

グレイルが部屋を去った後の静まりかえった部屋で、レオナルドはひとり椅子に座って考え込む。

喉の渇きを覚えて執務机に載ったコーヒーに手を伸ばすと、いつの間にかそれはすっかり冷え切っていた。

◆九. 除名

床に散らばる藁《わら》を箒で掃くと、それを端に寄せる。集めたごみを麻袋に詰めた。

「よし。綺麗になったかしら?」

アイリスは周囲の床を見回す。綺麗になった床に今度は真新しい藁を敷いていった。

一匹の薄茶色のワイバーンがひょっこりと顔を寄せてきたのでアイリスはその頭を撫でた。

ワイバーンはゴロゴロと嬉しそうに喉を鳴らす。

「今日もいい子ね」

アイリスはその様子を眺めながら、相好を崩す。餌の干し肉や木の実を順番に餌皿に入れてやると、ワイバーンはもぐもぐと頬張った。

事件から数日経って傷が癒えると、アイリスはレオナルドから近衛騎士達や軍の幹部が使うワイバーンの世話を命じられた。今日でその世話を始めて一週間になる。

きっと、これは罰なのだろう。

けれど、思った以上に彼らの世話に心癒やされる自分がいる。

かつて地上から空を飛ぶ様子を遠目に見るだけだったワイバーンのことを、アイリスは見た目の通り恐ろしい生き物だと思っていた。

けれど世話をし始めてすぐに、それが間違いであったことに気が付いた。

ワイバーンは思いの外可愛らしい性格をしているのだ。

餌を持っているアイリスが近付くと喜んで喉を鳴らすし、体をそっと撫でてやると気持ちよさそうに目を瞑る。その姿を見ていると、沈んだ気持ちが少し浮上するのを感じた。

「アイリス」

背後でカツカツとブーツと床がぶつかる足音がして、名前を呼びかけられる。聞き覚えのある心地よい呼び声に、胸がトクンとした。

アイリスは立ち上がると、振り返った。

「レオナルド閣下。ザイルの様子を見にいらっしゃったのですか？」

アイリスはそこに現れたレオナルドにぺこりとお辞儀をした。

レオナルドは日に一回、必ず自身の相棒であるワイバーン――ザイルの様子を見に来る。

ワイバーンは一見すると全部同じように見えるが、よく見ると一匹一匹で個性が違う。

ザイルは全身をグレーの鱗で覆われた厳《いか》つい雰囲気の子だ。一方、例えば外務長官をしているフリージのワイバーン——ショコラは全身を赤茶色の鱗で覆われており、主に似て顔つきもどこか優しげだった。

「それもあるがお前に用事がある」

「私に？」

「今日の午前中、魔道士が来ただろう？　どうだった？」

確かにレオナルドの言う通り、今日の午前中に珍しくふらりと魔道士が来た。

魔道士とは魔法を使いこなせる者の総称で、魔法がないハイランダ帝国においては全員がリリアナ妃の故郷であるサジャール国から派遣されている。

主に、ワイバーンを乗りこなす方法を教えたり、魔法の手助けが必要なときの対応をしている。

その魔道士は、アイリスに話しかけてくると『魔力のコントロールの仕方を教えてやる』と言いだし、二時間ほど滞在して去って行った。

ちなみに、その時間に使えるようになった魔法はひとつもない。

「ご存じだったのですか？　魔力のコントロールの仕方を教わりました。でも、魔法は使えませんでした」

アイリスはあったことをそのまま伝える。

魔道士が来たことをレオナルドが知っていたことは少し意外だった。なんの前触れもなくふらりとやってきたように見えたから。

「ああ。お前に教えたという話は聞いた」

そして、レオナルドはアイリスの背後へと視線を移動させる。

一匹のワイバーンがアイリスの肩に鼻を寄せるようにくっついていた。

「そいつはお前がお気に入りのようだな？」

「この子ですか？　はい。まだサジャール国から来て間もないようなので、寂しいのかもしれません」

「そいつはまだ誰とも使い魔の契約はしていないな？」

「そうですね。よい相棒が見つかるといいのですが」

アイリスがその薄茶色のワイバーンの首を撫でると、ワイバーンは気持ちよさそうに、喉をゴロゴロと鳴らした。

レオナルドがその様子を見つめて優しく目を細めたことには、気が付かなかった。

その数日後のこと。

ワイバーンの世話を終えたアイリスは、キュッと唇を引き結ぶと自分の姿を見下ろした。

「さてと。いよいよね……」

今日の昼間にワイバーンの飼育施設にやって来たレオナルドはアイリスに、帰り際執務室へ来るようにと申し伝えた。

執務室に呼び出されることなど初めてだ。

(きっと、私の処分が決まったのね)

黒の騎士服を着たこの姿も、今日で見納めになるだろう。

入団した日から今日までのことが走馬灯のように甦り、アイリスは慌てて首を振る。

(しっかりしないと。せめて、ディーンは罪にならないように誠心誠意お願いしてみよう)

アイリスは自分を叱咤すると、レオナルドの執務室へと向かった。

けれど、足取りはやはり重い。

(騎士団を退団したら、レオナルド閣下にももう会えなくなるかしら?)

レオナルドは副将軍であり、皇都騎士団及び近衛騎士団の団長であり、皇帝の側近でもある。たとえ貴族であっても、そうそう会える相手ではない。

ましてや、皇都騎士団に偽名を使って入り込んだ自分が会えるはずもない。

毎日のように自分に訓練をしてくれたときに時折見せた、優しい笑顔が脳裏に甦る。

胸に鋭い痛みを感じ、アイリスは顔を俯かせた。

「第五師団のアイリス＝コスタです」

「入れ」

低い声が聞こえ、アイリスは緊張の面持ちでドアを開ける。

中には執務机に向かって座ったままこちらを見つめる皇都騎士団長のレオナルドと、その傍らに佇む副団長のグレイルがいた。

レオナルドは手元にある書類を眺めながら、アイリスに問いかける。

「名前を偽って皇都騎士団の団員として勤務していたことに対し、申し開きは？」

「ありません」

アイリスははっきりとそう告げ、レオナルドをまっすぐに見返した。

叔父のシレックのことや弟のディーンの状況など、やむを得ない理由はいくつもあった。けれど、それを伝えたところで自分が名前を偽っていた事実に変わりはない。

レオナルドが手元の書類に視線を落とす。そして、もう一度視線を上げるとアイリスを見つめた。

「ディーン＝コスタを、本日をもって皇都騎士団から除名する」

言われた処分内容は、予想通りのものだった。

それなのに、思った以上にショックを受けている自分がいた。

自らがまいた種とはいえ、アイリスは言いようのない寂寥感《せきりょうかん》を覚えた。

「……承知いたしました」

なんとか気丈さを保ち、頭を垂れる。

そして、ディーンへの情状酌量《じょうじょうしゃくりょう》を願い出ようとしたとき、先に口を開いたのはレオナルドだった。

「ワイバーンの世話はどうだ？」

「ワイバーンですか？　思ったよりも可愛らしく、やりがいがありました」

突然話題が変わってアイリスは面食らったが、思ったままを素直に告げる。

そうか、とレオナルドは満足げに頷いた。

「改めて、問う。名前は？」

「え？　アイリス＝コスタです」

「性別は？」

「？　女です」

（なぜ、こんな質問をされるのかしら？）

アイリスは戸惑いながらも答える。ひと通りの質問を終えたレオナルドが目配せすると、すぐ横に控えていた副団長のグレイルが小さく頷いて前に出た。

「いくぞ」

グレイルの言葉に、アイリスは瞠目《どうもく》する。

次の瞬間、グレイルが腰から素早く抜刀し、剣戟《けんげき》を振るう。アイリスは咄嗟に自らも抜刀し、それを受け止めた。

（ここで、私を処刑するってこと⁉）

ずっと尊敬して、密かに慕っていた人――レオナルドのあまりにむごい仕打ちに怒りで目の前が赤くなるのを感じる。

皇都騎士団の副団長だけあり、グレイルは強かった。

普段、練習で相手をしているカインとは比べものにならない。

（ディーンの顔をひと目見るまでは、死ねないわ）

それだけがアイリスを奮い立たせる。

執務室には執務机だけではなく、ソファーや本棚、サイドボードなど、様々なものが置かれている。すぐに足にソファーがあたり、動きが制限された。

アイリスは片手を突いてひらりと飛び上がると、その勢いでグレイルの顎を蹴り上げ、後方回転して着地する。

手で口を拭うグレイルの顔にべっとりと血が付いた。

次の攻撃はすぐだった。

息つく暇もなく剣が飛んできて、アイリスは自分の剣でそれを受け止める。重い太刀筋にビリビリと両手がしびれたが、それを横に避けて部屋の角に背を預けた。

壁が邪魔で思うように剣が振るえないグレイルが、「チッ」と舌打ちした。アイリスはその一瞬の隙を衝いて反撃の剣を振るう。避けたグレイルの制服のボタンがひとつはじけ飛んだ。

「やめ」

落ち着いた声が室内に響き、グレイルは何事もなかったように自らの剣を鞘にしまう。アイリスは何が起こったのかわけがわからず、呆然とふたりを見返した。

「どうだ?」

レオナルドが片眉を上げ、グレイルを見つめる。

「閣下から聞いてはいましたが、想像以上ですね。女性とは到底思えない素晴らしい身のこなしです。他の団員に見習わせたいくらいですね」

「だから、言っただろう？」

　勝ち誇ったようにレオナルドはニヤリと笑う。

　アイリスは全く話が見えてこず、戸惑った。

「あの、これはいったい？」

「改めてアイリス＝コスタ。お前の新しい配属先を伝える。近衛騎士団、リリアナ妃付きだ」

　想像だにしていなかった内容に、アイリスは大きく目を見開いた。

　近衛騎士団とは、皇帝を始めとする皇族を守るための精鋭部隊だ。特に腕の立つ騎士だけで構成されており、騎士の頂点とも言える存在である。

「私は、除名されたのではないのですか？」

「皇都騎士団からの除名は正しいな。今後は近衛騎士として働いてもらう」

「……なぜですか？」

　アイリスは呆然として聞き返した。

　自分は除名され、コスタ家は終わると思っていた。それなのに、なぜレオナルドがこんな処分にしたのかがわからない。

「なぜ？　非常に腕が立ち、有能な女騎士を見つけたから皇后陛下の護衛役を任命しただけだ。男騎士では湯浴みや着替えなどのときにどうしても離れざるを得ないが、その点女の騎士は適している。部屋で襲われたときの対応も見事だった。懸念事項だったワイバーンとの適性もある。適材を適所に配置するのに、他になんの理由がいる？」

部屋で襲われたときの対応と言われ、すぐに先ほど突然グレイルに襲われたことを言っているのだとわかった。

それに、ワイバーンとの適性と聞いて、レオナルドが最初からこれを見るために自分をワイバーンの世話係に任命したのだと今更ながらに気付いた。

「明日より、より一層任務に励むように。話は以上だ」

「……はい」

疲労感、安堵、驚き……。

色々な感情が入り交じって、それ以上の言葉が出てこなかった。

(私、女なのに騎士として働いていいの？)

何よりも嬉しかったのは、レオナルドが性別に関係なく、自分の剣の技量を見て認めてくれたこと。そして、沈黙を貫きながらも自分の今後についてしっかりと考えていてくれたことだった。

（私、やっぱりこの人のことが好きだな）

憧れは既に恋心へと完全に変わっていた。

よくしてくれる分、落胆させないように頑張りたい。

「この命に代えてでも、皇后陛下をお守りいたします」

胸に手をあてて誓いを立てる。

「ああ。期待している」

その言葉を聞いたとき、鼻の奥がツーンと痛むのを感じた。

◆十・近衛騎士

緊張を解《ほぐ》すには、いつもと同じ行動を取るほうがいい。

近衛騎士団入りを命じられた翌日、アイリスは朝早くに訓練場へと向かった。

いつものように一心に剣を振るっていたその人は、こちらに気が付いて剣を下ろした。

「よく寝られたか？」

「ほどほどには」

色々なことを考えてしまい、ぐっすりとは眠れなかった。

アイリスのばか正直な返事に、レオナルドは苦笑する。

「リリアナ妃は陛下の至宝だ。心して護れ」

「この剣に誓って」

アイリスは剣の平らな部分を沿わせるように斜めに胸にあてると、しっかりと頷く。

宮殿で働く者達の中で、皇帝夫妻の仲睦まじさは有名だ。

皇后であるリリアナ妃はそれまで国交がなかったような遠い異国から嫁いできた。

皇帝夫妻は婚約するまで一度も会ったことがない政略結婚だ。

それにも拘わらず、ふたりは相思相愛のようだ。

レオナルドはアイリスの後方、訓練場の入り口へと視線を向ける。

「そろそろもうひとりも来るはずなんだが……」

「もうひとり？」

アイリスが首を傾げたそのとき、遠くから「ディーン！」と呼ぶ声がした。

アイリスは咄嗟にそちらを振り返る。

「カイン！」

そこには、皇都騎士団の制服を着たカインがいた。

アイリスは驚いてカインのもとに駆け寄る。

「腕は？　大丈夫なの？」

医務室にいた人の話では、カインの怪我はひどく、元通りに剣を握れる可能性は極めて低いと聞いていたのだ。

カインは苦笑いしながら、自分の右腕をさすった。

「ああ。宮廷医師もお手上げだったんだけど、リリアナ妃に治していただいたんだ」

「リリアナ妃に？」

アイリスはどういうことかと聞き返す。

「リリアナ妃は魔法の国の元王女だ。我々が使えないような魔法を使われる。治療に関してもだ」

レオナルドの補足で、アイリスは理解した。

カインはリリアナ妃に魔法で治してもらったのだ。

「閣下、その節はありがとうございました」

カインは深々とレオナルドに対して頭を下げる。

「礼ならリリアナ妃に言え。俺はリリアナ妃に宮廷医師も手に負えない大怪我を負った団員がいるという事実を告げただけだ」

レオナルドはそう言ったが、リリアナ妃が治してくれると半ば確信があったからこそ、その話をしたのだろうとアイリスは思った。

「魔法ってすごいのね……」

アイリスは呟く。

すると、カインがいいことを思いついたとばかりに表情を明るくした。

「そうだ。ディーンの弟も治してもらえないかな？　俺の怪我が治ったくらいだから——」

「それは難しいだろうな。リリアナ妃は皇后であり、医者ではない。今回が特別だ」

カインの言葉を、レオナルドがぴしゃりと否定する。

「そっか。そうですよね……」

カインは残念そうに眉尻を下げたが、アイリスは気にしないでと軽く微笑んで見せる。

魔法でディーンを治してもらえるなら、どんなにいいだろう。

けれど、一国の皇后に一介の子爵家の人間の治療をしてほしいなど、無理だということはアイリスにもわかる。

「だが――」

レオナルドが続けて口を開く。

「リリアナ妃に直接治療してもらうことは無理でも、なんらかの助言はくださるかもしれない。あのお方は人がいい。相談してみるといい」

レオナルドから諭すように言われ、アイリスは頷く。

「ところで、カインはアイリスの事情を前から知っていたのか？」

レオナルドに聞かれ、アイリスは頷いた。

「はい。カインだけにはかなり前に事情を話していました」

「……そうか」

（あれ？）

なんとなく一瞬、レオナルドの表情が曇ったような気がした。けれどそれは一瞬のことで、すぐにいつもと変わらぬ凛々しさを取り戻したので、気のせいかもしれない。

「では、時間もないから、さっさと始めるぞ」

「はい」

そこでふとアイリスは気が付く。

なぜカインはここに呼ばれたのだろうかと。

「カイン、剣を握るのはあの事件ぶり？」

「ああ。実はそうなんだ」

カインはバツが悪そうな顔をする。

（やっぱり……）

レオナルドはきっと、剣を握らなかったブランクで本人が辛くならないようにと気を利かせて呼び出したのだ。

（閣下はお優しい）

さり気なく周囲に気を配る、部下想いだ。

（そういうところが好きなんだよね）

ちらりと窺い見ると、視線に気付いたレオナルドがこちらを向く。

「どうした？」

視線が絡み、意味もなく頬が赤らむのを感じる。

「今日は暑いなと」

「確かに、暑い。体調管理には気をつけろ」

適当に誤魔化したのが通じて、ホッとする。

（今日は練習相手にカインもいてよかったわ）

最近、レオナルドとふたりきりだとドキドキしてしまって調子が狂う。

カン、カン、キンという小気味よい音が鼓膜を揺らす。

その様子を腕を組んで眺めていたレオナルドは、時折ふたりの動きを止めさせるとアドバイスをくれた。

アイリスはこの後小一時間ほど、レオナルドの指導のもとでカインと汗を流したのだった。

レオナルドが立ち去った後、アイリスは汗ばんだ肌をタオルで拭い、乱れてしまった髪を結び直そうと組紐を解く。

琥珀色の美しい髪がパサリと肩に広がった。

カインはアイリスを見下ろし、頬を掻いた。

「知っていたとはいえ、そうやって髪を下ろしていると女にしか見えないな」

「女だもの」

アイリスは苦笑する。

「女のくせに剣を握るなんてって呆れた？」

「いや」

カインは首を横に振る。

「女でそんなに戦えるなんてすげえよ。俺はお前以外に見たことがない」

「男みたいね」

「そんなことない。俺はディーン……違った、アイリスのこと、綺麗だと思うぜ」

故郷にいる俺の恋人の次に、とカインは付け加える。

アイリスは思わず吹き出した。

この実直さがカインのいいところだ。きっと、心からそう思って言ってくれているのだとわかる。

「ありがとう、カイン」

アイリスがお礼を言うと、カインもホッとしたように笑う。しかし、その表情はふと何かを思い出したかのようにすぐに真顔に戻った。

「そう言えば、あの日俺達がもらった指示書について、師団長が調査しているらしい」

「調査？」

「ああ。第一師団のセリアンは第一師団内で配られた指示書に俺達宛のものが混じっていたから届けたと言っているらしいんだが、第一師団の全員がそんなもの知らないって言っているらしいんだ。もちろん、第五師団長もそんな指示は出していないって」

「そう……」

アイリスはじっと考え込む。

（では、あの指示書は誰がなんのために用意したのかしら？）

答えがわからない気味の悪さに、アイリスはぎゅっと自分の身体を抱きしめた。

◇　◇　◇

その日の夕方、レオナルドはいつものようにベルンハルトの執務室に出向いた。ただ、少し早かったようで、他の側近達はまだ来ていなかった。

「レオナルド。今日から女騎士がリリアナに付いただろう？」

「はい」

レオナルドの顔を見ると開口一番に、ベルンハルトはアイリスのことを話し始めた。

「リリアナも気に入ったようだ。昼過ぎにお茶をした際に、たいそう喜んでいた」

「それはよかったです」

レオナルドはベルンハルトの正面に座る。

「女騎士というからには男勝りの見た目なのかと思えば、普通の令嬢で驚いた。よくあれで今まで誰も気が付かなかったな？」

「申し訳ございません。男だという先入観がありました」

レオナルドは頭を垂れて謝罪する。

ベルンハルトの指摘する通り、髪が短いことと騎士服を着ていることを除けば、アイリスの見た目は普通の令嬢そのものだ。

ただ、貴族令嬢が男のふりをして騎士団に潜入するなど想像すらしなかったので、誰もが『女性のような見た目』とは思ったものの、本当に女だとまでは思わなかった。

「独身の近衛騎士達が浮き立っているようだ」

「どいつですか？」

知らず知らずのうちに、レオナルドの声が一段低くなる。そんなことが起こるとは想像すらしていなかった。

「誰かまでは知らない。リリアナが笑いながらそう言っていたのを聞いただけだ。お前が公開訓練から令嬢を閉め出したせいで、彼らは出会いがないようだぞ？　任務怠慢なわけではないようだから、自由にさせておけばいいだろう」

ベルンハルトにそう言われ、レオナルドはぐっと押し黙る。

確かに公開訓練から女性を閉め出したのはレオナルドだ。それに、彼らは任務をおろそかにしているわけではないし、護衛対象であるリリアナに横恋慕しているわけでもない。

さらに言うなら、双方が独身なのであれば、誰とどういう関係になろうが本人達の自由だ。

そうわかってはいるが、なぜか胸の内に急激な焦燥感が広がるのを感じた。

（まただ……）

これに似た感覚を、今朝も覚えた。

アイリスがカインにだけ自分が女であることを明かしていたと知ったときに、どうして自分に先に明かしてくれなかったのかと苛立ちを感じたのだ。

(これではまるで、嫉妬のようだな……)

そこまで考えて、レオナルドは愕然とする。

(嫉妬? 俺が?)

自分の中に今まで感じたことがない感情が芽生えているのを感じた。

◇　◇　◇

アイリスが近衛騎士団に入団して数日が経った。

近衛騎士のみに許される白い騎士服には、まだ慣れない。

それでも、この制服を着ると自分は近衛騎士なのだという実感が湧き、身が引き締まる思いだった。

「ねえ、アイリス。こっちにいらっしゃらない?」

部屋の隅に立っていると、ソファーに腰掛けた皇后——リリアナがこちらを振り返る。淡い紫色の瞳と視線が絡んだ。

近衛騎士となって初めて至近距離でリリアナ妃を拝見したが、噂通りの目を瞠るような美女だった。

白い肌、ほんのりとピンクに色づいた頬、ぷるんとした桃色の唇。ぱっちりとした瞳は宝石のアメジストを思わせ、ハーフトップで結い上げたシルバーブロンドの髪は流れ落ちる滝のようだ。

「はい」

呼ばれたアイリスは一礼してリリアナのもとに歩み寄ると、背後に立った。

「違うわ。ここよ」

リリアナはポンポンと自分の横にあるソファーの座面を叩く。

「しかし……」

アイリスはリリアナの護衛だ。

皇后であるリリアナと共にローテーブルを囲むなど許されない。

リリアナはそんなアイリスを見て、頬を膨らませた。

「いいから座って。ひとりでお茶をしていてもつまらないわ」

どうしたものかと視線を彷徨《さまよ》わせると、リリアナ付きの筆頭侍女であるナエラと目が合う。

ナエラがこくりと頷いたので、アイリスは恐縮しながらもリリアナの向かいに座った。

「このお菓子、美味しいのよ。是非召し上がってね。この前陛下とお忍びで城下に行ったときに見つけて気に入ったの」

リリアナは焼き菓子の載った皿をアイリスの前に差し出す。

可愛らしい、花形に焼き上げた菓子だ。

勧められて食べないのも非礼にあたるかと思い、アイリスはそれをひとつ摘まんで口に入れる。ふわふわとした食感とバターの効いた味わいが口に広がった。

「美味しい……」

「そうでしょう? これ、私の故郷にあったお菓子に味が似ているの。最近、周辺国との国交が活性化しているから似たようなお菓子が入ってきたみたい」

リリアナは嬉しそうに笑い、自身もその焼き菓子を摘まんで口に入れる。

「仲がよろしいですね」

まだリリアナ付きとなってから日は浅いが、アイリスが知る限り、リリアナと皇帝陛下はとても仲がよい。立場は全く違うが、亡き父と母を思い出した。

「ふふっ、ありがとう」

リリアナははにかんだような照れ笑いをして、アイリスを見つめる。

「アイリスは、婚約者はいらっしゃらないの？」

「おりません」

「もうすぐ十八歳よね？　子爵令嬢なのに、珍しいわね」

リリアナが首を傾げたので、アイリスは視線を落とす。

アイリスにも、元々は親同士が決めた婚約者がいた。ヘンセル男爵家の嫡男——スティーブンだ。

しかしなんだかんだあって婚約破棄された。

舞踏会でスティーブンを殴ってしまい悪評が立ったせいか、その後の縁談の誘いはアイリスに男になることを決心させたあの老人の商会会長との縁談だけだ。

「私はこの通り男勝りで可愛げがないので……」

「あら、そんなことないわ。アイリスはとっても格好よくて素敵ですわ！　宮殿に勤める侍女の中にもたくさんのファンがいらっしゃるのよ！」

リリアナはとんでもないとでも言いたげに、力説する。

ぽかんとするアイリスと目が合うとふわりと微笑んだ。

「でも、婚約者がいらっしゃらないのなら、自由な恋愛ができるから、それはそれでいいと思うわ」

貴族令嬢は一般的には親が決めた婚約者と結婚することが多い。自由恋愛など少数派なので、アイリスは面食らった。

「自由な恋愛ですか？」

「そうよ。アイリスは、どんな男性が好き？」

リリアナは会話を続ける。

恋愛話が好きなようで、こちらを見つめる紫色の瞳は期待に満ちている。

「あまり考えたことがありません」

「一度も？」

問いかけられて、アイリスはまた目を伏せる。

かつては自分も、自分だけの騎士様が現れると思っていた。そして、幸せな結婚をすると信じていた。

「……強い人がいいです」

もしも結婚するなら、亡き父のように誰よりも強い人がいいと思った。

「強い人。騎士であるアイリスらしい答えね」

リリアナが微笑む。

「はい。強く、公明正大で、面倒見がよくて、一見厳しいようでいて相手のことをきちんと見ていてくれて――」

そこまで言って、脳裏にひとりの男性が思い浮かぶ。

口にはしないけど、いつも自分のことを気にかけてくれる――。

「まるで、誰かのことを想像しながら言っているみたいね」

「そ、そういうわけではありません！」

楽しそうに微笑むリリアナの指摘に、アイリスは頬が赤らむのを感じて咄嗟に首を振った。

そのとき、部屋の片隅から「ふぎゃあ」と泣き声がした。目を向けると、乳母が皇女であるブルーナを抱っこしてあやしていた。

その声に反応するようにリリアナは立ち上がると、乳母からブルーナを受け取った。

「ブルーナ様は今日もお元気ですね」

「ええ、そうね。陛下がいらっしゃるともっと元気になるのよ」

リリアナは口元に笑みを浮かべ、慈愛に満ちた瞳でブルーナを見つめる。

ハイランダ帝国第一皇女であるブルーナは、数ヶ月ほど前に誕生したばかりだ。父である皇帝ベルンハルト譲りの黒い髪に青い瞳をしているが、顔の造作は母親であるリリアナによく似ている。赤ん坊ながらにとても整った容姿をしており、誰もがため息をつくような美姫になること間違いないだろう。

リリアナはブルーナを抱きながら、子守歌をうたう。

聞いたことがない歌だったので、もしかするとリリアナの故郷の歌なのかもしれないとアイリスは思った。

ブルーナの前でリリアナが手をかざすと、ふわりと空中に鮮やかな色の花びらが舞っては消える。

それを見たブルーナは泣くのをやめ、嬉しそうに笑った。

「魔法……。すごい」

魔法の国とも呼ばれるサジャール国から来たリリアナは、あたかも普通のことのように日常的に魔法を使う。それらはすべてアイリスから見ると目新しいもので、今日も思わず見惚れてしまった。

「ハイランダ帝国には魔法を使える人がほとんどいないから、珍しいわよね。わたくしの故郷は、皆が当然のように魔法を使ったわ。お湯を沸かすのも、風を起こすのも、病人の治療だって魔法でやるの。だから、わたくしからすると、魔法なしでも道具を使ったり工夫しながら同じことをやってのけるこの国の生活の仕方に驚きが大きかったわ」

リリアナは機嫌がよくなったブルーナを抱いたまま、ソファーに座る。

「治療も……」

アイリスは今の話を聞いて、ふとレオナルドがリリアナにディーンの治療について相談してみろと言っていたことを思い出した。

違法薬物摘発の際にアイリスと共に負傷したカインは、利き手を複雑骨折する大怪我を負った。この国の医療技術では二度と剣が握れないと宮廷医師から宣告されたにも拘わらず、再び皇都騎士団に復帰できたのはリリアナのおかげにほかならない。

皇都騎士団の団員が任務中に大怪我をしたという話をたまたま――アイリスはレオナルドが意図的に話したと確信しているが――小耳に挟んだリリアナが、直々に治療すると申し出たのだ。

(今なら、聞けるかしら？)

アイリスは意を決して、リリアナを見つめる。

「魔法を使えば、大抵の病気は治るのでしょうか？　例えば、この国で治癒がうまくいかないようなものでも――」

「病気によるわ。既に死の淵へ向かっているような状態を健康に戻すことは難しいかもしれないわね。でも、治療できる範囲はだいぶ広いはずよ」

治療できる範囲は広い。

ならば、ディーンのことも……。

そう思いかけたアイリスは、やっぱり……と首を振る。

リリアナはこの国の皇后だ。一介の近衛騎士が弟の治療をしてほしいなどと頼むのは、おこがましいだろう。

「どうかしたの？」

「いえ。何でもございません」

「そんな顔して、何でもないことないでしょう？　わたくしでは相談相手にならないってこと？」

「そんなことは……」

頬を膨らませるリリアナに、アイリスは言葉を詰まらせる。

そして、ぽつりぽつりと事情を話し始めた。

神妙な面持ちで聞き入っていたリリアナは、花茶に手を伸ばしてそれをひと口飲む。

「弟さんを実際に診てみないと治せるかどうかは、なんとも言えないわ。ただ、わたくしは立場上、直接診に行くことが難しいわ」

「はい」

リリアナは医者ではなく、皇后だ。

その立場上、滅多なことでは宮殿から出られない。

さらに、リリアナは第一皇女を出産して数ヶ月しか経っておらず、とても大事な体だった。

つまり、リリアナがコスタ領に出向くことなど無理であると、アイリスも重々承知している。そして、今の状態のディーンを皇都に連れてくることも、ディーンの体調的に難しい。

「わかっております。一兵卒の痴《し》れ言とお聞き捨てください」

目を伏せるアイリスを見つめ、リリアナは眉根を寄せる。

「わたくしは行けないけれど、弟さんが心配ね。どうにかできないかしら……」

リリアナは困ったように頬に手をあてる。そして、「あっ！」と声をあげてポンと手を叩いた。

「魔法薬を試すのはどうかしら？」

「魔法薬、ですか？」

「そうよ。アイリスも宮殿の医務室に運び込まれたときに使っているはずよ。わたくしの故郷では、薬も普通のものとは違って魔力を込めて効果を増強したものが使われていたの。普通の薬に比べれば数段効き目がいいはずよ」

普通の薬に比べて数段効き目がよいと聞いて、確かに思いあたる点はあった。

アイリスはあれだけの大怪我を負ったにも拘わらず、医務室に運び込まれた翌日には傷口が塞がり、自由に自力で歩き回れるまで回復していたのだ。

「今、宮廷薬師の中にひとりだけ魔法薬を扱える方がいらっしゃるわ。カトリーンさんっていうんだけど――」

「カトリーンさん？　その方なら知っています」

カトリーンはまさに、アイリスが町で薬を買い、さらに今回の大怪我の際も薬の処方をしてくれた宮廷薬師だ。

これまでもアイリスはカトリーンから体力回復の薬を買い、ディーンに送ってきた。その薬を飲むと数日間体調がよいとディーンからは聞いている。

今度は体力回復ではなく、もっと症状を詳細に話して治療薬を処方してもらえばいいのではないだろうか。

（それがあれば、ディーンも元気になるかも）

アイリスは微かな光明が差すのを感じ、表情を明るくした。

◆十一．異変

魔法薬の効き目は覿面《てきめん》だった。カトリーンに相談して処方してもらった魔法薬を送ってから数日後には、驚くほど体調がいいとディーンから手紙が来たのだ。

「そうか、よかったな」

朝の訓練でそのことを報告すると、レオナルドは表情を和らげた。

「はい。もしかすると、来年には社交界に出てこられるかもしれません」

手紙には、まるで今までの苦しさが嘘のようだと綴《つづ》られていた。先日は、五分ほどだけれども、約一年半ぶりに剣を握ってみたとも書かれていた。

思ったよりもディーンの社交界入りは早いかもしれないと、アイリスは期待に胸を膨らませる。

「閣下、ありがとうございます」

「俺は何もしていない」

首を横に振るレオナルドを見つめ、アイリスは首を傾げた。

「リリアナ妃に相談してみろと仰ってくださったではありませんか」

「誰と何を話したかなど、いちいち覚えてない」

レオナルドはぶっきらぼうに言い放つと剣を鞘にしまう。そろそろ、訓練場に他の団員達も集まり始める時間だ。

（嘘ばっかり……）

アイリスが知る限り、レオナルドはどの部下にいつ何を指示したのか、的確に記憶している。いちいち覚えていないなど、大嘘だ。

レオナルドはいつもそうだ。

部下を見渡して困っているものにはさり気ない手助けをし、成果はこれでもかと褒める。それでいて、自分は恩着せがましいことは一切言わずに徹底した指導役に回る。

（一見すると冷たそうに見えるのに、本当に優しいよね）

いつも厳しい態度なのにさり気なく見せる優しさが亡き父を彷彿とさせる。

アイリスはレオナルドを窺い見る。

高い鼻梁と鋭い目付きの、男らしく凜々しい横顔が目に入った。

（かっこいい……）

レオナルドは元々、野性的な魅力のある男性だったが、ここ最近さらに男としての磨きがかかっているように見えるのは気のせいだろうか。今や、どんなに遠くにいても一目見ただけでレオナルドだと認識できる。

(そういえば——)

「公開訓練への女性の見学を解禁されるそうですね?」

「ああ。よく知っているな?」

レオナルドはアイリスがそれを知っていることが意外だったようだ。

「はい。カインから聞きました」

アイリスが入団して間もなくした頃、公開訓練の見学が男性限定になった。それが、次回からまた解禁されるとのことだ。

(綺麗な女性が来たりするのかしら?)

先輩騎士に聞いたところでは、貴族令嬢が多く見学に訪れるらしい。その中の誰かとレオナルドが恋仲になったら?などと、まだ起きてもいないことが心配になる。

「カインとは、普段から親しくしているのか?」

レオナルドに尋ねられ、アイリスはこくりと頷く。

「はい。時々、食堂で鉢合わせするので一緒に食事を取っています。今度の公開訓練では故郷から恋人が見に来ると、今から張り切っていました」

珍しく浮かれたように自慢げに語るカインの様子を思い出し、アイリスはくすくすと笑う。

「カインには恋人がいるのか？」

なぜかレオナルドは毒気を抜かれたような顔をした。

「はい、幼馴染みだと聞きました。婚約しているそうですよ。結婚したら、いつか家族と共に故郷に戻って、そこの地元騎士団の幹部になるのが夢だそうです」

アイリスは自分の知っていることを教える。カインなら、きっと遠くない未来にその夢を叶える気がした。

「そうか」

「ただ、カインがいなくなってしまうと相談相手がいなくて少し寂しいです。同期ですし、ペアを組んでいましたから」

アイリスは視線を伏せる。今の仕事に不満はないけれど、何でも相談できる同期であるカインの存在は大きい。

レオナルドが、つとこちらを向く。

「ならば、俺に相談しろ」

「え？」

アイリスはその言葉の真意がわからず、レオナルドを見返した。

こちらを見つめるレオナルドの片手が伸びる。ほつれ落ちた髪を耳にかけると、その指先がアイリスの頬に触れた。

「何か悩みがあれば、俺に相談しろ。何でも聞いてやる」

胸が高鳴り、かーっと顔が赤らむのを感じる。恥ずかしさから目を見ていられず、咄嗟に下を向いた。

「ありがとうございます……」

上司として部下の相談に乗ると言ってくれているのだろうか。気にかけてくれていることが痛いほどわかり、嬉しさを感じずにはいられない。

「まずは、弟が快復してくれるといいな」

「はい、そうですね」

アイリスは俯いたままこくりと頷く。

(ディーン、来年度は無事に騎士団に入団できるといいな)

このまま事態が好転してくれるよう、心の中で祈りを捧げた。

しかし、僅か一週間後、アイリスのそんな淡い期待は見事に打ち砕かれた。

アイリスは実家から届いた手紙を開き、その文面を視線でなぞる。

「え……、嘘……」

そこには、体調が回復していたディーンが再び倒れたと書かれていたのだ。しかも、これまでになくひどい状態で、診察に訪れた医者もお手上げの状態だという。

「なんで……」

魔法薬を処方してもらってからというもの、ディーンは見違えるように体調がよくなっていると聞いていた。そろそろ騎士団への入団に備えて本格的な訓練を再開しようかと思っていた矢先の出来事だ。

「カトリーンさんに相談に行かないと」

アイリスは手紙を握りしめると、魔法薬を調薬してくれた宮廷薬師――カトリーンに相談しようと部屋を飛び出した。

アイリスが調薬室に飛び込んだとき、カトリーンはちょうど魔法薬の調薬をしているところだった。カウンターの上には様々な薬草やガラス瓶が置かれている。

「アイリスさん、どうしたの？」

カトリーンは突然現れたアイリスに驚いた様子だったが、その表情を見てすぐに只事ではないと気付いたようだ。

「ディーンが、弟が……」

アイリスは泣きそうになりながらもそれを必死で堪《こら》え、カトリーンに事情を説明した。

「え？　体調が悪くなったですって？　以前よりさらに？」

アイリスから事情を聞いたカトリーンは、作りかけの薬を睨んだまま、考え込む。

「それはおかしいわね。気になるから、一度弟さんに会いに行っていいかしら？　実際に症状を見れば、色々とわかることもあると思うの」

「弟のところに、行っていただけるのですか？　でも、ここから馬車で二時間かかります」

「大丈夫。私はドラゴンに乗れるから、ちょっとした距離でもすぐに見に行けるの」

カトリーンはアイリスと目が合うと、にこりと微笑む。

「それに、リリアナ様やレオナルド様からも、アイリスさんのことはよろしくって言われているし」

「リリアナ妃とレオナルド閣下から？」

アイリスは意外な言葉に驚いた。ふたりが自分の知らないところで支えてくれていることを知り、じーんと胸が熱くなるのを感じる。

「明日にでも向かうから、詳しい場所を教えてもらっても？」

「はい、ありがとうございます。場所は皇都の西方にあるコスタ領で——」

アイリスは指先で涙を拭うと、カトリーンに自宅の場所を説明し、深々と頭を下げた。

◇　◇　◇

レオナルドは昨日押収されたという小さな白い紙包み——薬包を摘まみ上げると、眉間に皺を寄せる。

「またか」

「はい。先日の摘発で本拠地は押さえたと思っていたのですが、どうやら同じ規模のアジトが別にありそうです」

グレイルは手に持った調査書面を読み上げながら、レオナルドに説明する。

アイリスとカインが大怪我を負ったあの日、皇都騎士団は違法薬物を密売する組織の本拠地の摘発にあたっていた。

複数人の捕獲に成功し製造拠点も取り押さえたため、これで組織は壊滅すると考えていた。しかし、その後も違法薬物の押収は続いており、どうやら本当の本拠地は別にありそうだということがわかってきたのだ。

現在、レオナルドは全力で部下達にその調査にあたらせている。

グレイルは調査書を一枚捲ると、次のページを説明し始める。

「現在分析中の違法薬物のアジトで押収した書類の中に、これまでの取引先と思しきリストを発見しました。対象者はハイランダ帝国各地に二百人を超えています。これらの人間を監視することで残った組織の連中と接触が可能になるかと――」

「くそっ。全員捕らえてやる」

レオナルドは忌々しげに舌打ちし、そのリストに目を通す。そのとき、ひとりの名前に目が留まった。

「こいつ……」

「どれか気になる人物がいましたか？　先に調査にあたらせます」

「ああ。こいつを先に調べてくれ」

レオナルドはその名簿の一列を指さす。

そこには『シレック＝コスタ』と書かれていた。

シレック＝コスタ。

アイリスの実家であるコスタ家についてカールが調査してくれたときに、調査報告書にこの名前が記載されていた。確か、コスタ子爵家に入り込み、現当主の後見人を名乗って実質的に牛耳っている男だった。

（コスタ子爵家の関係者が違法薬物だと？　いったい何のために？）

そのとき、トントントンとドアをノックする音がしてレオナルドとグレイルは同時に顔を上げる。

「誰だ？」

「宮廷薬師のカトリーンです。少しお話ししたいことがあるんです」

「カトリーン？」

これまでカトリーンが自主的にこの執務室を訪ねて来たことなど、一度もなかった。

レオナルドは訝しく思いながらも、入室を許可する。

「珍しいな。どうした？」

レオナルドはカトリーンを執務室にあるソファーに座らせると、自分とグレイルはその向かいに座った。

いつにない険しい表情から、何か深刻な問題を相談しようとしていることは想像が付いた。

「以前、皇都騎士団の方達が押収した違法薬物の分析を私達宮廷薬師がしたでしょう？」

「ああ」

「同じものが、地方で使われているのを見つけたの」

「なんだと？　どこでだ」

身を乗り出したレオナルドを、カトリーンはピンク色の瞳でまっすぐに見つめる。

「コスタ領よ。コスタ家当主のディーンさんの薬に、押収した毒物が混じっていたわ」

「コスタ領？」

ふと早朝の訓練の際に『快復していた弟の調子がまた悪くなった。原因がわからない』と泣きそうな顔をしていたアイリスの表情が思い浮かぶ。

（まさか……）

レオナルドはひとつの可能性に行きあたり、表情を険しくする。

（叔父から、毒を飲まされていたのか？）

ハイランダ帝国においては、爵位は原則として男子が継ぐ。

もしも当主であるディーン＝コスタが死ねば、アイリスにはまだ夫がいないので、現在コスタ子爵家当主の後見人を務めているシレック＝コスタがそれを継ぐ可能性が高い。爵位目当ての犯行とすれば、動機は十分だ。

「それは、どういう毒だ？」

「それほど強くはないけれど、ゆっくりと長期に亘って効く毒よ。半減期——薬の成分が体から抜けるまでの期間が長いから、恒常的に飲み続けると毒が徐々に体内に蓄積されて、段々と体が蝕まれるわ。致死量に至るまでには短くても数ヶ月以上かかると思う」

（なるほどな。病死に見せかけるには、もってこいだ）

沸々と怒りが沸き起こるのを感じた。

「よく知らせてくれた。問題のその薬はどうした？」

「代わりの薬を渡して、全部回収したわ。体調が戻っても周りに体調が戻ったことを悟られないように、部屋から出ないようにとも伝えてきたわ」

これよ、と言ったカトリーンは複数の薬包をレオナルドと自分の間に置かれたテーブルに載せる。

「完璧な対応だ。礼を言おう。後は、こちらで対処する。また何かあったら相談しよう」

カトリーンはホッとしたような表情を見せると、ソファーから立ち上がる。

その後ろ姿を見送ってから、レオナルドは執務机を開けて以前カールが届けてくれた報告書を引っ張り出した。勢いよく紙を捲り、目的のページで手を止めた。

素早く目を通し、その内容をもう一度確認する。

「グレイル。少し調べてほしいことがある」

「なんでしょうか？」

「四年ほど前に、コスタ家の女主人であったソフィア＝コスタが馬車の脱輪事故で亡くなっている。そのときのことで、もう一度関係者を調査してくれないか？」

レオナルドの言葉を聞いたグレイルはすぐにレオナルドが何を気にしているのか気付いたようだ。表情を引き締めると、こくりと頷いた。

◆十二．突入

近衛騎士団では毎朝、朝礼がある。団員のシフトや、皇帝夫妻の一日の予定の確認が行われるのだ。

その日、朝礼の場にはいつになく緊張感が漂っていた。普段ならほとんど顔を出すことがないレオナルドが、その場に現れたのだ。

「近々、皇都騎士団が大がかりな任務を遂行するにあたって臨時の助っ人を近衛騎士団から派遣することになった。今から呼ぶ者はこの後残るように」

次々と名前が呼ばれるところから判断するに、相当大規模な作戦なのだろう。

「次は、アイリス」

「はい」

自分の名が呼ばれるとは思っていなかったアイリスは、緊張の面持ちで前に出た。

結局、近衛騎士団四十名中十名がその場に残った。

「ここ最近問題になっていた違法薬物の製造・販売組織だが、大本の拠点が判明した。突入作戦の予定日は一週間後だ」

淡々と続くレオナルドの説明に、アイリスはハッと息を呑む。

違法薬物の製造・販売組織。それは忘れもしない、アイリスとカインが失態をおかしたあの事件のときに追っていた組織だ。

「閣下！」

ひと通りの説明が終わり解散となった後、アイリスは思わずレオナルドを呼び止めた。

レオナルドはくるりと振り返り、アイリスを見下ろす。

「なんだ？」

「あの、私でいいのでしょうか。あんな──」

失態をおかしたのに。

そう続けようとした言葉は、レオナルドにより遮られる。

「いいと判断したから指名した。自分の名誉を挽回できるのは自分だけだ。心して任務にあたれ。次はない」

アイリスは驚いて目を見開く。

『自分の名誉を挽回できるのは自分だけ』

つまり、レオナルドはアイリスにチャンスを与えたのだ。あんな失態をおかした自分が挽回するためのチャンスを。

（本当にこの人は……）

優しい慰めは一切言わないけれど、どれだけ気にかけてくれているかはよくわかる。

アイリスはしっかりとレオナルドを見つめ、頷いた。

「必ずやご期待に応えます」

「よし」

レオナルドはフッと口元に笑みを浮かべると、「では、勤務に戻れ」と命じる。

そのぶっきらぼうな優しさが、なおさら心に染みた。

◇　◇　◇

違法薬物組織への突入作戦決行の日、アイリスが向かったのは一軒の屋敷だった。

今回、作戦に関わる団員の人数は優に百名を超えている。各自が自分の配置についた。

大きな建物の周囲を高い塀がぐるりと取り囲んでいる。正面に両開きの鉄門があり、中の様子は窺えない。

一見するとただの大きな屋敷にしか見えないが、この中に違法薬物の製造施設があるらしい。

屋敷が面する大通りを一台の馬車が通る。

その馬車はまっすぐに屋敷に向かうと、門の前で停車した。

トン、トトン、トン、トンと特徴的なノックが行われると、中から門が開かれる。

そして、その馬車は屋敷の中へと消え、再び門が閉ざされた。

（そろそろかしら？）

アイリスは物陰に身を潜めてそっとその様子を見守る。

そのとき、先ほど馬車が通った道に今度は手押し車を押した野菜売りの行商人が通りかかった。行商人は、皇都騎士団の団員が変装した姿だ。

その行商人は屋敷から五十メートルほどの場所に手押し車を置くと、首からぶら下げていた客引きの笛を吹く。

ピーッと甲高い音が周囲に響き渡った。

時間で決めた突入作戦で前回、情報が錯綜してアイリスとカインが先行突入してしまうという失敗があった。そのため、今回は笛による合図に変わった上、各配置につく人数も五名ずつと大人数になった。

「よし、行くぞ！」

一緒に物陰に隠れていた団員達が一斉に屋敷に向かって駆け出す。訓練を受けてきた団員達は二メートルほどの高い塀をいとも簡単に跳び越えた。

「三階の一番奥……」

廊下の途中で、別の場所から突入した仲間の団員達が犯罪組織の連中を拘束して締め上げているのが次々と目に入った。アイリスはその合間をすり抜けるようにして事前に決められた場所に向かって走り続ける。

（あれね）

茶色い木製のドアを、勢いよく開け放った。

「皇都騎士団だ！」

前に立つ仲間の団員が叫ぶ。

「な、何事だっ」

中にいると思しき人物の、狼狽《うろた》えたような声が聞こえた。

その声を聞いたとき、アイリスの心臓がドキンと跳ねる。

忘れたくても忘れられない、けれどここにいるはずがない人の声だったのだ。

仲間に続いて部屋に押し入ったアイリスは、呆然とその人を見た。

「……叔父様？」

そこには、コスタ領にいるはずの叔父のシレックがいた。

シレックは応接セットに見知らぬ男と向き合って座っており、おろおろとした様子で騎士団の団員達を見つめていた。

「な、なんだ⁉ どうなっている？」

シレックが動揺したように叫ぶ。

「捕らえろ！」

横からかけ声が聞こえ、アイリスは咄嗟にシレックを押し倒し、うつ伏せに床に押しつけた。

「叔父様！ なぜこんなところに？」

ここは違法薬物を取り扱う組織の本部だ。

嫌な予感がして、アイリスはシレックに問いかけた。

「アイリス！ 離すんだ。これは誤解だ」

顔面蒼白になっていたシレックは脂肪でたるんだ首を回し、こちらを見ようともがく。

「私は、ディーンをなんとかして治してやりたいと思って、いい薬はないかと――」

「――なんとか病死に見せかけて殺したいと思って、の間違いだろう？」

思わず身震いするような低い声が背後から聞こえ、アイリスはハッとして振り返る。

そこに、氷のように凍《い》てつく瞳でシレックを見下ろすレオナルドがいた。

「シレック＝コスタ。お前のことは既に調べがついている。財産と爵位目当てにコスタ子爵家の女主人を事故に見せかけて殺し、後見人という大義名分でコスタ子爵家の財産を食い潰した。さらには現コスタ子爵家当主であるディーン＝コスタを病死に見せかけて毒殺しようとした。違うか？」

信じたくないような事実を、レオナルドは淡々と告げる。

アイリスはただただ呆然とシレックを見下ろした。

こんな嫌な叔父でも、亡き父と血を分けた兄弟なのだ。最低な人だと知りながらも、どこかで信じていたいと思う自分がいた。

「……叔父様はディーンを殺そうとしていたのですか？」

「うぐっ」

地面に押しつけられたシレックは苦しそうな呻き声を漏らす。

「答えて！　ディーンを殺そうとしたの⁉　それに、お母様も！」

怒りに任せて剣を抜こうとすると、その手をガシリと掴まれた。

「やめろ。我が国では私刑は許されない」

血が止まりそうなほどに手首を力強く押さえられ、手からカランと剣が落ちる。

「お前が手を下すまでもなく、この男は重罪だ」

「閣下は知っておられたのですか？」

茶色い瞳と視線が絡むと、レオナルドは小さく頷く。

（では、今までディーンによかれと思って飲ませ続けてきた叔父様が用意した薬は毒だったってこと？　私は、ディーンに毒を勧めてきたってこと？）

色々な感情が交じり合い、視界がじわりと滲むのを感じた。腕を掴んでいたレオナルドの手から力が抜け、アイリスの腕がするりと抜ける。

立ち尽くすアイリスと目線を合わせるように、レオナルドは少し屈んだ。

「この男に関しては、お前の手できちんと終わらせろ」

「はい」

頬を伝う熱いものを袖口でぐいっと拭うと、アイリスはしっかりと頷く。

「シレック＝コスタ。違法薬物の取引容疑で連行する」

アイリスは縄をしっかりと掴むと太った大きな体を引き起こし、無理矢理歩かせる。

そして、拘束された他の者達と共に、収監施設まで護送する任務を負う団員に引き渡すために移動させた。

シレックは、心のどこかでアイリスが親戚である自分を悪いようにするはずはないと舐めていたのだろう。

縄で縛られて連行されてゆく人々の様子を目前にして、ようやくアイリスが本気で自分を引き渡そうとしていると気付いたようだ。

アイリスは、護送係の団員を見つけてシレックを預けた。

「待て、アイリス。これは何かの間違いだ。今まで散々世話してやっただろう？」

立ち去ろうとした自分に向かって、すがるような目で訴えかけるシレックを見つめ、アイリスは首を横に振った。

「世話になったことなど、一度もありません。あなたがしたのは搾取だけです」

「アイリス！　この恩知らずの薄情者が！」

背後から罵声が聞こえてきたが、アイリスは振り返らずにその場を立ち去る。

元の場所に戻ると、既に部屋の処理は終わっており誰もいなかった。

アイリスは部屋でひとり、ぼんやりと辺りを見回した。

(ここが、取引の場所だったのね)

ディーンはコスタ子爵家の当主なので、不審な死に方をすれば事件性がないか宮廷医師も立ち会って詳細な調査が入る。

シレックはその疑いの目をすり抜けるために、年単位の計画を立ててディーンを病死に見せようと少しずつ毒を盛っていたのだろう。

(それに、お母様も?)

優しかった母の面影が脳裏に浮かぶ。

また視界が滲みそうになり、アイリスは上を向いた。

(泣いている場合じゃないわね。ディーンはもっと辛かったんだから)

そう思うのに、心を完全に制御するのは難しい。

頬へと熱いものがこぼれ落ちる。

「終わったか?」

不意に背後から話しかけられ、アイリスはビクッと肩を震わせた。振り返ると、総指揮にあたっているレオナルドがドアの前に佇んでいる。各部屋の状況を確認しに来たのだろう。

「はい、終わりました。すぐに他の応援に——」

レオナルドがアイリスのほうに近付いてきたので、慌てて涙を拭ったアイリスは気丈に答えようとする。

こちらを見つめるレオナルドの腕が伸びてきて、アイリスの頭にポンと手が置かれた。

「よく頑張ったな」

その瞬間、我慢していた気持ちが溢れるのを感じた。

たったひと言だけれど、自分が救われるような気がしたのだ。

騎士は泣いてはならない。剣を片手に、戦うものだ。

けれど、今だけは、この瞬間だけは許してほしい。

思わずトンッとその胸に飛び込むと、優しく背中に手が回された。

すすり泣きはやがて嗚咽《おえつ》へと変わる。

レオナルドはその間、何も言わずにアイリスを抱きしめ続けてくれた。

◆ 十三. 恋心

ハイランダ帝国の宮殿は、内郭と外郭の二重構造になっている。内郭は皇帝の執務室や生活空間、外郭は各省庁の執務エリアや軍の訓練場になっているのだ。

この日、勤務交代のために住み込みの部屋からリリアナ妃のもとへと向かっていたアイリスは、ふと明るい話し声に気付いて立ち止まった。

声のするほうを見ると、庭園のオープンスペースにご令嬢達の姿が見えた。

(宮殿に来たご令嬢がお茶をしているのね)

宮殿の外郭部には、用事があって宮殿を訪れた貴族や普段から勤務している者がちょっとした休憩をとることができるオープンスペースが各所に設けられている。ソファーや椅子、テーブルなどが置かれており、頼めば女官がお茶も用意してくれるのだ。

アイリスはその四人組のご令嬢達を眺めた。

年の頃は自分とさほど変わらないくらいに見える。皆、色とりどりの美しいドレスで着飾っていた。

「マリア様ももうすぐご結婚ですわね」

「ふふっ、ありがとう」

マリアと呼ばれた黒髪の可愛らしい令嬢が、嬉しそうにはにかむ。

その表情からは、幸せそうな様子が窺えた。

(結婚か)

アイリスの中になんとも言えない感情が湧き上がる。

自分にもあんなふうに普通の幸せがくるのだと信じて疑っていなかった頃があったのを思い出す。

「そういえば──」

アイリスが踵を返そうとしたとき、ご令嬢のひとりが口を開く。

「お父様が、さすがにレオナルド様もそろそろお相手を決める頃じゃないかって──」

レオナルドと聞こえて、思わずアイリスは振り返った。立ち聞きはよくないとは思いつつも、耳をそばだててしまう。

「確か、今、二十六歳でしょう？　さすがにそろそろ婚約者をお決めになるはずだわ。普段、ほとんどお近付きになれないから、なかなか親しくなれないわよね」

「公開訓練はどうかしら？」

「この前行ってみたけど、訓練が終わったらすぐに戻られてしまって話しかける機会がなかったわ」

公開訓練を女性も見学することができるようになったことは知っている。

つい先日、カインがその公開訓練を見に来た故郷の恋人をアイリスにも紹介してくれた。

はつらつとした雰囲気の可愛らしい女性で、幸せそうに微笑み合うふたりを見ているとアイリスまで幸せな気持ちになった。

そのときは、公開訓練の見学が女性にも広がってよかったと思っていたのだけど――。

(やっぱり、レオナルド様目当てのご令嬢の方もたくさん見にいらしてるのね)

あの日、レオナルドはお茶をしているご令嬢が話していた通り、特定の女性と言葉を交わすこともなく訓練場を後にした。だから、レオナルド目当てのご令嬢がいるだろうと薄々予想はしていたものの、実際に目にすることはなかったのだ。

アイリスの中に、急激な焦燥感が広がる。

「今度の舞踏会が勝負だわ。舞踏会なら、近くには行けるはずよ」

ピンク色のドレスを着たご令嬢が、人差し指を立てる。

「私、頑張って声をおかけしてみようかしら」

「そうよね。まずは認識していただかないと始まらないわ。ドレス、どんなのにしましょう？」

同席していたご令嬢達が次々と相槌《あいづち》を打ち、盛り上がり始める。

貴族の結婚においては、相手の家格や職位の高さは何よりも重視される。

皇帝ベルンハルトが特に重用する側近は全部で四人いるが、レオナルドを除く三人は既に結婚もしくは婚約していた。

唯一相手が決まっていない側近であり名門貴族出身、かつあの若さでハイランダ帝国副将軍であるレオナルドは現在、社交界で一番の注目の的であることは明らかだ。

（レオナルド様、もうすぐご結婚なさるのかしら？）

貴族の当主であれば当然いつかは妻を迎えて跡継ぎとなる子をなすだろう。

そんなあたり前の事実に、ひどくショックを受けた。

（私、レオナルド様がご成婚されるとき、笑顔で祝福できるかしら？）

レオナルドには、入団以来ずっと世話になっている。アイリスのことを常に気にかけ、優しく、ときに厳しく指導してくれた。

上司と部下という関係を考えれば、心から祝福するべきだ。

そうは思うけれど――。

（きっと、無理だわ）

レオナルドが誰か特定の女性に対して甘く微笑むのを、平然とした顔で祝福する？

きっと自分にはできない。

現に、そんな姿を想像しただけで涙が滲みそうになるのを感じた。

かといって、自分がレオナルドの相手になれるのかというと、それは無理だと思った。騎士服を身に纏い剣を振るうアイリスは、貴族令嬢としては異端の存在だ。

そんな自分を、レオナルドが女として見てくれるわけがない。

（ディーンが騎士団に入ったら、私はコスタ領に戻ったほうがいいかもしれない）

遠くない未来に起こるであろう現実から目を逸らすためには、それしか方法がない気がした。

その後、内郭エリアに到着し、とぼとぼと廊下を歩いていると、正面から見覚えのある人影が近付いてくるのに気付いた。第一師団のジェフリーだ。

ジェフリーが所属する第一師団は通常、皇帝の生活空間である内郭の警備を受け持っている。

アイリスは小さく会釈してジェフリーの横を通り過ぎようとする。そのとき、「待てよ」と呼び止められた。

「私に何か？」

アイリスは立ち止まると、ジェフリーのほうを振り返る。

「なんでお前が近衛騎士団なんだよ！　性別を偽っていたくせに」

「なんでと言われましても、レオナルド閣下が決めたことですので私は全力でその務めを果たすだけです」

アイリスはまっすぐにジェフリーを見返す。ジェフリーの表情は、憤怒に染まっていた。

近衛騎士団は組織上、皇帝の直属部隊だ。

最も近い場所で皇帝を守る精鋭達で、皇都騎士団とは一線を画している。ジェフリーはアイリスが近衛騎士になったことが気に入らないのだろうということはすぐに予想が付いた。

「ふざけるなっ！　お前なんかが近衛騎士になれるはずがない！　お前が抜けたせいで俺が第五師団に異動になるんだぞ！」

ジェフリーは興奮したように捲し立てる。彼が第五師団に異動するとは初耳で、アイリスは驚いた。

「どうせ、女であることを利用してレオナルド閣下に頼み込んだんだろう！」

ジェフリーは最後に吐き捨てるように、そして、あたかもそれが間違いなく事実であるかのようにそう言った。

「……なんですって？」

その意味を理解して、アイリスは急激な怒りが込み上げるのを感じた。

「レオナルド閣下が私の色仕掛けに陥落するようなお方だと思っているのなら、あなたの目は節穴ね」

「っつ！」

言葉に詰まるジェフリーをキッと睨み付けると、アイリスは踵を返す。背中に憎悪にも近い視線を感じたが、決して振り返らなかった。

その後、リリアナのもとに到着したアイリスは、部屋の壁際に立って自分の姿を見下ろす。

（それにしても）

きっちりと着込んだ白い近衛騎士の制服が目に入る。腰には近衛騎士団入団にあたり皇帝陛下より直々に賜《たまわ》った長剣がぶら下がっており、袖口にも短剣が仕込んである。

（本当に、女らしさなんて皆無ね）

顔を上げると、リリアナは今日も皇后に相応しい豪華な衣装を身に纏い、美しく着飾っていた。

今日は新しい衣装を作るために仕立屋を呼んだようで、熱心に生地を選んでいる。

リリアナは元々天女のように美しい人なのだが、身に纏う服、顔の横で揺れる耳飾り、シルバーブロンドの髪に付けられた髪飾り、隙なく施された化粧、それらが彼女の美しさをより一層引き立てていた。

さらに、近付くと花のように甘く魅惑的な香りがすることも知っている。

（私とは、全然違うわ）

同じ女性でありながら、あまりの違いに苦笑してしまう。

今の自分は、リリアナはおろか先ほど見かけた美しく着飾ったご令嬢達の足下にすら遠く及ばないだろう。

アイリスの体のラインは細く華奢だが、皇都騎士団に入団してからの厳しい訓練の結果、『柔らか』というよりは『引き締まった』という言葉がしっくりとくる。

少し伸びてきた髪はいつも後ろでひとつに結んでおり、髪飾りを付けることはない。ましてや、化粧などまったくしない。

（これじゃあ、色仕掛けなんて絶対無理よね……）

先ほどカッとなって自分からジェフリーに言った言葉に、思いの外落ち込んでいる自分がいる。

さらには先日、叔父のシレックの捕縛の際は勤務時間中にも拘わらず感情を乱して見苦しいところを見せてしまった。あれ以来、羞恥のあまり朝の訓練の際もレオナルドと目を合わせることができない。

「ねえ、アイリス。こちらとこちら、どちらがいいと思う？」

二枚の生地を体に合わせていたリリアナが、こちらを振り返る。一枚は淡い水色が足下に行くにつれて濃い青に変わる生地、もう一枚はリリアナの瞳と同じ色――薄紫の生地で、どちらもよく似合っていた。

「そうですね。どちらもお似合いですが……、淡い水色のほうでしょうか。染め付けてある白牡丹《ぼたん》がとても素敵です」

「やっぱりアイリスもそう思う？　ふふっ、青は陛下の瞳と同じ色だわ」

リリアナは嬉しそうに微笑むと、水色の生地を自分にあてて鏡の前でポーズを取る。

まるで妖精のよう、天女のよう、とリリアナの美しさを称える言葉をたくさん聞いてきたが、その姿を見たアイリスは全くその通りだなと思った。

ひと通り生地を選び終えたリリアナと目が合うと、リリアナがパッと目を輝かせる。悪戯《いたずら》を思いついた子供のようなその表情に、アイリスはなんだか嫌な予感がした。

「ねえ、よかったらアイリスもドレスを作らない？」

「私ですか？　着る機会がございません」

「でも、今度の舞踏会にはアイリスも来てくれるでしょう？　アイリスはとっても綺麗だから、着飾ったらすごく素敵になると思うの！」

リリアナはさも名案だと言いたげに、目をキラキラとさせて両手を口の前で組む。

リリアナの言う『舞踏会』とは、年に一度だけ開催される皇后主催の宮廷舞踏会だ。つまり、主催はリリアナということになる。

「舞踏会の日は、会場周辺で護衛をしているつもりです」

「だめよ。アイリスは参加するの。わたくしが招待するのだから、絶対に参加して」

リリアナはぴしゃりとアイリスの言葉を否定する。

「しかし、参加するにしても実家への仕送りもありますので贅沢は――」

「大丈夫！　これはわたくしからのプレゼントよ。さあ、こっちに来て生地を選んで？」

リリアナが腕を広げて、仕立屋が持ってきた様々な生地を指し示す。

アイリスはおずおずとそちらに近寄った。皇后であり、自身が仕える主であるリリアナに命じられれば、断ることはできない。

「わあ……」

遠目に見るのと近くで手に取るのとでは、全く違う。

一番手前に置かれた生地に手を触れると、滑《なめ》らかで心地よい質感がした。アイリスが一着も持っていないような高級生地であることはすぐに想像が付く。

「これが似合う気がするわ」

戸惑うアイリスを尻目にリリアナが選んだのは、濃い紅色の生地だった。

仕立屋が鏡の前でアイリスにそれを合わせる。リリアナ付きになって室内での勤務が増えたことから元来の白さを取り戻し始めた肌が、パッと明るく見える。

「うーん、こっちもいいかしら？」

リリアナは、今度は紺色の艶《つや》やかな色彩の生地を手に取った。羽ばたく白い水鳥が染め付けてある優美なものだ。

「リリアナ様。本当に私は大丈夫ですので」

「だめよ。わたくしが見たいの！」

リリアナはアイリスを見つめると、首を傾げた。

「それとも、アイリスは着飾ったりするのがお嫌いかしら？」

「いえ、そういうわけでは……。ただ、このような豪華な衣装は慣れていないですし――」

アイリスは言葉を濁す。

かつて、アイリスも普通のひとりの貴族令嬢だった。少しお転婆で剣を握ることはあったけれど可愛いものも大好きで、ドレスを着ては大喜びし、母の髪飾りや宝石を眺めてはうっとりした。

けれど、没落したコスタ家ではそんなものを用意することはできなかったし、今のアイリスはハイランダ帝国で唯一の女騎士だ。

（こんな美しいドレスは、私には相応しくないわ）

そう思うのに、きっぱりと否定できないのはまだ自分の中に女として生きたいという微かな思いが消えないからだ。

リリアナはそんなアイリスの心の奥底を見透かしたかのように、ふわりと笑う。

「嫌いではないなら、用意させて。さっきも言った通り、わたくしがアイリスの着飾るところを見たいのよ。そうだわ、アイリスはもう少ししたら十八歳の誕生日でしょう？　だから、そのお祝いにするわ。それならいいでしょう？」

「……はい。仰せのままに」

これは主であるリリアナ妃に従ってのこと。

そう言い聞かせるのに、浮き立つ心を落ち着かせるのは難しかった。

（宮廷舞踏会か……）

幼い頃、いつかアイリスだけの素敵な騎士様がエスコートしてくれるはずだと母は笑っていた。一年弱前、初めて参加した宮廷舞踏会でその夢は見事に打ち砕かれたが。

（レオナルド様に初めてお会いしたのも、宮廷舞踏会だったわよね）

可憐どころか、成人男性を殴り飛ばすというはしたない姿を見せてしまった。

（でも、こんな華やかなドレスを着れば、レオナルド様も少しは綺麗だと思ってくださるかしら？）

たとえこの恋が叶わなくとも、一度でいいから彼からそう思われたい。

目の前に広がる艶やかな生地を眺めながら、アイリスはそんなことを思った。

◆十四．新たな疑惑

レオナルドが執務室で書類に目を通していると、不意にドアがノックされた。

「よお！」

軽い調子で声をかけてきたのはカールだ。

「定例の打ち合わせには早いが、何か気になる動きがあったのか？」

「ああ、ちょっとね」

カールは片手を振ると、「届け物だ」と一通の封筒をヒラヒラと揺らした。

「どこからだ？」

「リリアナ妃から」

「リリアナ妃？」

受け取って開くと、見覚えのある厚紙が出てきた。年に一度だけ皇后主催で開かれる、宮廷舞踏会の招待状だ。

「今年はちゃんと参加しろよ」

「いつも参加している」

「会場の内外で警備状況を確認して回るのは『参加』とは言わない」

カールは呆れたように肩を竦める。

痛いところを突かれ、レオナルドは顔を顰める。カールの言う通り、レオナルドは毎年宮廷舞踏会で必要最低限の挨拶を終えると周辺の警備状況を確認して回っていた。ちなみに、ダンスは社交上やむを得ない場合を除き、まず踊らない。

「そういえば、ディーン＝コスタが今年は出席できそうだよ。『参加』で返信が来た」

「そうか」

アイリスの弟であるディーンは、薬だと偽って処方されていた毒を飲むのをやめ、代わりにカトリーンにより処方された魔法薬を飲んでいる。

日々著しい回復を見せており、叔父のシレックが捕らえられて病人のふりをし続ける必要もなくなったことから、最近は毎日のように剣の訓練をしているという。

今度の舞踏会で無事に社交界デビューできそうだと、先日の朝訓練の際にアイリスが嬉しそうに語っていたのを思い出した。

（アイリスも参加するのだろうか？）

ふとそんなことを思う。

去年の舞踏会で目撃した見事な拳の一撃が脳裏に甦り、無意識に口元が緩む。ドレス姿で男を殴って吹き飛ばす女など初めて見たので、新鮮な驚きだった。

「ちなみに、アイリス＝コスタも参加する」

まるでこちらの頭の中を見透かしたかのようなタイミングで、カールは補足する。

眉を寄せると、目が合ったカールはニヤリと笑った。

「お前が知りたいかなと思って」

「………。エスコートはいるのか？」

「気になる？」

「まあ、部下だからな……」

「へえ？　そういうことにしとこうか。弟のディーンだよ。でも、お前が何千人もいる部下の参加予定とエスコート相手を全部把握しているとは初耳だ」

からかうように笑うカールをレオナルドは忌々しげに睨み付ける。カールは通常の人間であれば縮み上がるようなレオナルドの視線を受けても、どこ吹く風ですまし顔だ。

「コスタ家と言えば、面白い知らせがあるよ。アイリス嬢の元婚約者から、貴族院に婚姻解消の申し立てがきている」

「婚姻解消の申し立て？」

「そう。まあ、十中八九、申し立てが受理されるだろうね」

カールは手元から一枚の報告書を差し出す。

「離婚のことをアイリス嬢に伝えるのか？」

「そのつもりだが、なぜだ？」

「婚約解消したとはいえ、それまでの何年もの間、彼の婚約者として過ごしてきたんだろう？　相手に多少の愛着はあるのかなと思って」

眉を寄せて黙り込んだレオナルドに、カールはフッと笑みを漏らす。

こちらの反応を見て面白がっていることは明らかだった。

目に見えて不機嫌になったレオナルドを見て、カールはそれ以上この話を続けるのは得策ではないと判断したようだ。話を切り替える。

「あと、気になることがあるからひとつ報告させてくれ」

「ああ。なんだ？」

「お前の部下にエイル子爵家の人間が何人かいるだろう？　最近、柄の悪いごろつきと接触しているという噂がある」

レオナルドは予想していなかった情報に、視線を鋭くした。

「エイル子爵家が？　今、皇都騎士団に三人いる。どいつだ？」

「そこまではまだ把握できていない。ただ、所持品にエイル家の家紋が入っていたという情報がある。誰なのかは、わかり次第報告する」

「家紋が？　それは気になるな。頼む」

了承の意味を込めて片手を上げたカールに、レオナルドは頷き返す。

その後ろ姿を見送った後、レオナルドは今さっきのカールの報告を考え直した。

（エイル家がごろつきと？）

エイル家はコスタ家と並び、ハイランダ帝国を代表する名門騎士家系だ。

三人の子息達は全員が皇都騎士団に入団し、長男は第一師団の師団長を、次男は第三師団の副師団長を務めている。三男のジェフリーはアイリスと同期でまだ入団一年目だ。思うところがあって、つい最近第五師団に異動させた。

（なぜ、エイル家がそんな連中と付き合っている？）

考えながらトントンと机を叩く指先の音が、シーンとした執務室に溶けて消えた。

◆十五．真相

違法薬物の事件などまるでなかったかのように、平和な日々が続いていた。

この日、アイリスはリリアナが城下の聖堂に併設された福祉施設にお忍びで慰問する護衛をすることになった。

お忍びなので、本日リリアナを護衛する近衛騎士は最小限に限られていた。侍女に扮したアイリスと御者に扮した男性騎士のふたりだけだ。

代わりに、皇都騎士団の第五師団が慰問先とその移動経路の周辺を重点的に警戒してくれているはずだ。

孤児がいれば優しく微笑み菓子を配り、病人がいれば手を握り魔法で癒やす。そんなリリアナの様子を、今回同行した筆頭侍女であるナエラとアイリスは見守る。

「リリアナ様、そろそろ戻りましょう。もう二時近いので、陛下のもとへ行く時間に間に合わなくなります」

「ええ、そうね。わかったわ」

一時間ほど施設に滞在した頃、ナエラがリリアナに声をかける。

リリアナとナエラが施設から出て馬車へと向かう。

今日は豪華な馬車ではなく、普通の庶民的な一頭立ての箱馬車だった。

「どうぞ」

御者に扮する近衛騎士が箱馬車のドアを開けてリリアナに手を差し出す。その様子を眺めていたアイリスは、ふと違和感を覚えた。

(これは視線？　誰かがこっちを見ている？)

アイリスは周囲を見回す。誰かがじっとこちらを見るような、嫌な感覚だ。

そのとき、数人の男が飛び出してきてアイリスは咄嗟に身構えた。

「リリアナ様、危ない！」

アイリスの声に気付いた御者姿の男性騎士がリリアナを守るように立つ。そちらは彼に任せ、アイリスは袖口に隠していた短剣を素早く引き抜いて構えた。

(一、二、三、四。四人ね)

突然現れた人相の悪い男達は全部で四人いた。

同行している男性騎士はリリアナとナエラを守るように立ちはだかっているので、実質的にこの四人はアイリスが相手しなければならない。

人相の悪い男のひとりがアイリスを見下ろし、ふんと鼻で笑う。

「お嬢ちゃん、どきな。そこにいるべっぴんさんを渡してくれたら悪いようにはしねえよ」

男は顎でリリアナを指す。男性騎士は殺気だったように剣を腰から抜いた。

（ここはひとまず私が相手して、リリアナ様達は馬車で逃がしたほうがいいわね）

アイリスが頭の中でぐるぐると作戦を考えていたそのときだ。すぐ近くから、威勢のよい声が聞こえてきた。

「おい、お前達！　動くな！」

（この声は、ジェフリー？）

聞き覚えのある声に、アイリスは驚いてそちらを見る。そこにはペアの騎士とふたりでいる制服姿のジェフリーがいた。

今日は第五師団がこの辺りを重点的に警戒しているはずだ。現在第五師団に所属しているジェフリーが来たことに、アイリスは応援が来たのだと少なからずホッとした。

（助けに来てくれたのね？）

そう思ったそのとき、今度は「動くな！」という地響きのような別の声がした。

（え？　こっちの声は――）

黒い制服姿の騎士達が一気に目の前になだれ込む。

「このお方が誰か知っての狼藉《ろうぜき》だろうな?」

そこに颯爽と現れたレオナルドは凍てつくような瞳で人相の悪い男を見下ろす。

剣がヒタリと狼藉者の首筋にあてられ、鋭く磨き上げられた刃先が日の光を反射して輝く。「ひっ!」という声にならない音が男の口から漏れた。

一緒にいた皇都騎士団の団員達が次々に男の仲間を捕らえてゆき、それらの騎士の中にはカインもいた。

「ちょっと待ってくれ! 俺はこの姉ちゃんをちょっと脅すだけで金をくれるってそいつが言うから――」

「そうだ。頼まれただけだ!」

急に狼狽えたように怯えだした男達は、口々に弁解しながら指先で一方を指す。その先には、目を見開き呆然と立ち尽くすジェフリーがいた。

「え?」

アイリスは驚いてジェフリーの顔を見つめる。

どういうことか状況が全く読めない。

一方のレオナルドは落ち着き払った様子だった。

刃先を男の首筋にあてたまま、顔だけをジェフリーに向けた。

「と言っているが、どう弁解する？」

「これは……、でたらめです」

「何言ってやがる、この野郎！」

ジェフリーの言葉に、お前のほうこそでたらめを言うなと男達が罵声をあびせる。

「我々はある程度の証拠に基づいて捜査を行ってきた。エイル家の人間がこの男達に接触していたことも把握している。ジェフリー、それはお前だな？」

レオナルドの声は、低く落ち着いていて、けれど言い逃れを許さないようなすごみがあった。

ジェフリーは目を見開いたまま、レオナルドを見返す。

「リリアナ妃を害そうとした疑いでお前を連行する」

「違います！　俺はただっ」

ジェフリーは悲痛な声をあげる。しかし、その先を口にすることは許されなかった。

レオナルドは「連れて行け」と部下に命令する。

「お前さえいなければ――」

ジェフリーが人を射殺せそうなほどに憎悪に満ちた視線を向けてきた。

アイリスは両脇を押さえつけられたその後ろ姿を見送りながら、呆然と立ち尽くす。

（私は……）

自分はここにいていいのだろうかと、足下が崩れ落ちそうになる。

今回の真相はまだよくわからない。けれど、自分がなんらかの原因になっていることはなんとなく感じられた。

「アイリス」

呼びかけられたアイリスははっとして顔を上げる。険しい表情のレオナルドがこちらを見下ろしていた。

「リリアナ妃の護衛は終わってないぞ。気を抜くな」

「っ！　承知しております」

厳しい指摘にアイリスは足に力を入れると、しっかりと頷いた。

けれど、自分はもうこの職を辞したほうがいいのではないか。

そんな弱気な気持ちが湧いてくるのを止めることはできなかった。

◇◇◇

数日後、レオナルドの執務室に呼び出されたアイリスは、これまでの捜査経過を聞きながらも信じられずに何度も手元の書類を読み返した。

「では、すべてジェフリーが？」

「ああ。嫉妬していたのだろうな、お前に」

「なんてばかなことを……」

それ以外に言葉が出てこない。

嫉妬されることなど、何もなかった。

アイリスからすれば、恵まれた家庭で育ち剣の実力もあるジェフリーのほうが、よっぽど羨ましかった。

レオナルドから聞いた事件の一部始終は、アイリスの理解を超えたものだった。

エイル家の三男であるジェフリー＝エイルは入団当初からディーン＝コスタに並々ならぬ対抗心を燃やしていた。お互いが名門騎士家系の出身であり、嫌でも比較される対象だからだ。

さらに、ジェフリーにはその時々の同期中トップの功績を挙げ続けたふたりの優秀な兄がおり、自分だけが落ちこぼれと見られることを極度に恐れていたという。

そして、歪んだ自尊心はやがてディーン＝コスタを蹴落とすという、あってはならない方向へと動き出す。

「だからって、なんでこんなことを――」

先日の福祉施設でのごろつきの件は、レオナルドの読み通りジェフリーの仕業だった。

金で雇ったごろつきにリリアナ妃一行を襲う真似事をさせ、その場に偶然を装って現れた自分が手柄を取る。

さらに、護衛のアイリスの不手際を糾弾するつもりだったようだ。

ジェフリーがしたことはそれ以外にもあり、全部で三つだ。

ひとつ目は、探偵を雇ってコスタ家について調査を行い、ライバルであるディーンに弱みがないかを探ったこと。これにより『ディーン＝コスタは実は病弱で、ここにいるディーンは姉である』という噂が騎士団内に流れた。

ふたつ目は、違法薬物の拠点突入の日に、元々用意していた虚偽の指令書を本物の指令書の中に紛れ込ませ、情報を錯綜させた。指示通りに動かなかったディーンとカインの評価が落ちることを狙ってのことだった。

三つ目が、今回の事件――リリアナ妃のお忍びに合わせてごろつきに襲う真似事をさせたことだ。

そのすべてが、アイリスを陥れようという確固たる意志に基づいたものだった。

「指令書の偽造については絶対に看過できない不正だ。軍のような集団ではひとつの命令系統の乱れが全体の命取りになりかねない」

レオナルドは淡々とした様子でそう言った。

「彼はどうなるのですか？」

「まず、皇都騎士団は除名だ」

「はい」

それは、アイリスも予想していた。

これだけのことをしでかしたのだから、除名にもなるだろう。あの突入作戦は一歩間違えば失敗していた。それに、あと少し仲間の到着が遅かったらカインとアイリスは死んでいたかもしれないのだ。

「その後は軍規に従い、処分を決める審査会がある。エイル家のこれまでの功績を踏まえて酌量減軽《しゃくりょうげんけい》があるはずだ。恐らく国境警備隊で予備兵としてやり直しだろうな」

「国境警備隊の予備兵──」

国境警備隊はその名の通り、国境を守る隊だ。

ハイランダ帝国は数年前まで隣国と戦争状態が続いていた。今は和平協定が結ばれているので当時ほどではないにしても、軍隊の中でも最も苛酷な訓練を積み、厳しい環境で任務にあたっている。

その中の予備兵というと、ジェフリーからすると耐えがたい屈辱だろう。

ジェフリーは確かに嫌みな男だった。

けれど、彼の剣の腕が確かなことをアイリスはよく知っている。こんなことをしでかさなければきっと順調にキャリアを積めただろうにと、やるせない気持ちになる。

深く嘆息したレオナルドは、今度は自分の執務机に置かれた別の報告書を手に取った。

「もうひとつ――」

「はい？」

沈んだ気分でいたアイリスは、レオナルドを見つめる。

「先日、カールから興味深い報告がきた」

「興味深い報告といいますと？」

アイリスは首を傾げる。

「ヘンセル男爵家から貴族院に婚姻関係の解消の調停を求める書簡が届いたそうだ」

「ヘンセル男爵家？」

ヘンセル男爵家は元婚約者のスティーブンの実家だ。婚約解消以来一切関わっていないので、今どうしているかも知らない。

「婚姻の解消といっても、既に子供が生まれたのでは？」

アイリスが宮廷舞踏会でスティーブンを殴り飛ばしたとき、背後にいた少女のお腹には命が宿っていたはずだ。時期を考えると、間違いなく生まれているはずだ。

今はまだ、生後数ヶ月といったところだろう。

「ああ、生まれた。淡い茶色の髪に緑の瞳の、可愛らしい男の子だそうだ」

「淡い茶色の髪に緑の瞳？」

アイリスは眉根を寄せる。

スティーブンは黒目黒髪だった。一緒に寄り添っていた少女も、うろ覚えだが淡い茶色の髪に緑の瞳ではなかったように思う。

「祖父母からの遺伝でしょうか？」

「祖父母にも淡い茶色の髪や緑眼はいないらしい」

「それは……」

跡継ぎである子供が生まれて間もないこの時期に、離婚の申し立て。

アイリスは何が起こっているのか、大体のことを理解した。

お気の毒に、としか言いようがない。

スティーブンは『アイリスが構ってくれないから』という子供のような理由で他の女にふらふらと靡《なび》いて婚約中に不貞を働いた。

彼はあの少女こそ自分の唯一だと信じて結婚したけれど、相手の少女にとっては違ったのだろう。

(不思議なものね)

スティーブンと婚約したのはまだ両親が健在だった頃——十歳だった。

およそ七年に亘り婚約者として過ごし、愛ではなくとも、親近感は持っていたし、あの舞踏会の日は少なからずのショックを受けた。

それなのに、彼のことを聞いても驚くほどに心が凪《な》いでいる。

自分の中で、完全に過去のこととして消化されているのを感じた。

「気の毒だとは思いますが、私にはもう関係のないことです」

「そうか。では、知らせるまでもなかったな」

アイリスが泣くとでも思っていたのか、レオナルドはホッとしたような表情を見せると両手でその書類の端を持つ。

ビリビリと紙を破く音が室内に響く。

小さくなった紙片が、まるで花びらのように床に舞い落ちた。

◆十六. 宮廷舞踏会

アイリスは自分の姿を覗き込む。

まぶたに幾重にも乗ったアイシャドウ、しっかりと上がった睫毛《まつげ》、ぷるんとピンク色に艶めく唇。

自分なのに自分ではない気がしてしまい、どうにも慣れない。

「姉さん、行こうよ」

「わかっているわ。変じゃないかしら？」

「変じゃないって、さっき言っただろう」

黒いフロックコート姿でこちらを見つめるディーンが呆れたように肩を竦める。

「だって、こんな格好したのは初めてなのだもの」

「姉さんは去年も参加しているだろう？」

「去年のドレスより、ずっと豪華なの！」

アイリスは少しむくれたように頬を膨らませると、もう一度鏡を覗く。ディーンが参ったと言いたげに息を吐くのが、鏡の端に映った。

アイリスが今日着ているのは、リリアナが『少し早めの十八歳の誕生日プレゼント』と称してプレゼントしてくれた真っ赤なドレスだ。腰は細く絞られ、大きく広がった裾に向かって幾重ものドレープが重なっている。

首にはドレスとセットのリボンチョーカーを付けており、その中心には布で作られた赤いバラが付いていた。

肩より少し長い程度の長さしかない貴族令嬢にしては短すぎる髪は、リリアナ付きの侍女達がありとあらゆるテクニックを駆使して見事に結い上げてくれた。そこには母の形見の髪飾りが付けられている。そして、化粧もリリアナ付きの侍女達がしてくれるという至れり尽くせりだ。

だから、おかしいということはないはずだ。

(でも、なんだかちょっと恥ずかしいのよね)

アイリスは慣れない格好への恥ずかしさから赤面しそうになり天を仰いだ。

「もう、気は済んだ？」

「うーん、まだ心配だけど……」

「大丈夫。姉さんは歩くだけなら完璧な令嬢だから」

「それ、どういう意味？」

「剣を振り回したりしなければって意味」

からかうようにディーンの口の両端が上がる。

アイリスは目をぱちくりとさせ、意味を理解するとディーンの胸を叩こうと手を伸ばす。

「もう！」

ディーンは軽い身のこなしでひょいと攻撃を避け、アイリスの手は空を切る。

一方のディーンは逆に片手をこちらに差し出した。

むうっと口を尖らせるアイリスを、ディーンは真剣な表情で見つめた。

「姉さんには本当に苦労をかけたから、感謝している」

「なあに、急に。ふたりっきりで過ごしてきたのだから、助け合うのはあたり前でしょう？」

「それでも、言いたかったんだ。今度の春には僕が騎士団に入団するから、後は任せて。姉さんは望む道に進んでいいよ。どんな選択でも、応援するから」

アイリスは曖昧な表情でお茶を濁す。

ディーンはたったひとりの家族であり、双子の弟だ。

アイリスが今考えていることを、薄々感づいているのかもしれない。

「びっくりさせちゃうかもしれないわよ？」

「男装して僕に成り代わろうとすることより驚くことなんて、ないって断言するよ」

ディーンは陽気におどけると、にこりと笑う。

「さ、行こうか」

「ええ」

アイリスも釣られたように笑みを零すと、ディーンの手を握った。

ディーンにエスコートされながら、アイリスは会場内をゆっくりと歩く。

動きに合わせて真っ赤なドレスの裾は軽やかに揺れ、周囲の人々は華やかな衣装を身に纏ったアイリスの可憐な美しさにほうっと息を吐く。

（いらっしゃらないのかしら？）

探し人をすぐに見つけられずに反対側に目を向けたアイリスは、遠くにひと際長身で体格のよい男性を見つけた。

レオナルドは上質なフロックコートを身に纏ってはいるものの、特に女性をエスコートしていなかった。そのことに、ホッとしてしまう自分がいた。

レオナルドは次々と挨拶に来る貴族達を軽く受け流しながら、会場内をゆっくりと歩いている。きっと警備の状況を確認しているのだろうとすぐに予想がつき、アイリスはふふっと笑う。

そのときだ。

可憐な雰囲気の少女が、レオナルドに近付くのが見えた。

アイリスは足を止め、表情を強ばらせる。

少女は愛らしい微笑みを浮かべ、レオナルドに声をかける。何を話しているのかは聞こえないが、その少女の頬はほんのりと紅潮していた。

「姉さん？」

急に立ち止まったアイリスの顔を、ディーンが訝しげに覗き込む。そして、アイリスの視線の先を追った。

「もしかして、あそこにいる方が姉さんがよく話してくれていたレオナルド副将軍？」

「ええ」

アイリスはレオナルドを見つめたまま頷く。

他の女性と話しているのを見るだけで、ざわざわと気持ちが落ち着かない。

ディーンはそんなアイリスを見つめ、また遠方にいるレオナルドを見やる。レオナルドと話していた少女が少ししょんぼりした表情を浮かべて離れていったのを確認すると、アイリスの耳元に口を寄せた。

「姉さん。閣下に紹介してもらっても？」

「え？　ええ、もちろんよ」

アイリスは頷き、胸の前でぎゅっと手を握ると覚悟を決めてそちらに歩み寄った。

「レオナルド閣下」

「………。アイリスか？」

呼ばれて振り返ったレオナルドの目が大きく見開かれる。

「紹介いたします。私の弟の、ディーンです」

アイリスが紹介するのに合わせ、レオナルドはアイリスの隣にいたディーンへと視線を移動させる。ディーンは丁寧な所作でお辞儀をした。

「はじめまして、レオナルド閣下。ディーンです。姉から話は伺っております。私のせいで、色々とご迷惑をおかけしました。閣下には感謝してもしきれません」

ディーンは深々と頭を下げる。

「よい。俺は任務を全うしただけだ。体調はもうすっかりよいのか？」

「はい。最近は剣を扱うこともできています」

ディーンは歯を見せて朗らかに笑う。

体調を戻したディーンは皇都騎士団の団員に比べるとまだ細いものの、最近はかなり筋力が付いてきた。毎日、剣の訓練をしているし、先ほども軽く叩こうとしたアイリスの手を難なく避けるほどに軽い身のこなしだ。

「これから、どうするのだ？」

レオナルドが尋ねる。

「皇都騎士団への入団を希望するつもりです。姉には大変な苦労をかけましたから」

「そうか、それは楽しみだ。優秀な騎士が増えるのは大歓迎だからな」

その答えを聞いたレオナルドは、口元に笑みを浮かべる。

「アイリスは常々、弟のほうが剣を振るう技量も力も自分より上だったと言っていた」

「本当ですか？　姉は私との勝負で負けても、『今日は調子が悪かった』と言って絶対に負けを認めませんでしたが」

「ディーン！」

アイリスは慌ててディーンの言葉を遮る。

羞恥から頬を真っ赤にしてレオナルドを見上げると、彼は楽しそうに肩を揺らして笑っていた。

「やっぱり昔から、お転婆なんだな」

絡み合った眼差しが思いの外優しく、胸の鼓動が跳ねた。

アイリスはそれを抑えるように片手を胸にあてた。

「はい。でも、正義感が強く家族想いで自慢の姉です」

「そうだな」

身内に褒められるというのはなんとも気恥ずかしいものだ。チラリとレオナルドに目を向けると、また視線が絡まった。

ディーンはそんなアイリスとレオナルドの様子を見つめ、ふむと頷く。

「申し訳ないのですが、知り合いを見つけたので、声をかけてきます。閣下と姉さんはごゆっくり」

「ああ、わかった」

「はい。少しの間、姉をよろしくお願いいたします」

ディーンは持っていたグラスを少し持ち上げ、にこりと微笑んだ。

そして、その場にレオナルドとアイリスが残される。

「ディーンが騎士団に入団するなら、コスタ家も安心だな」

「はい。本当に、閣下やリリアナ様、薬を調合してくださったカトリーン様には感謝しております」

アイリスは目を伏せる。

ディーンは今、アイリスのためにわざわざレオナルドとふたりきりになる時間をくれたのだ。

双子は以心伝心するとはよく言うが、何も話していないのにどうしてアイリスが望むことがわかるのだろう。

視界に、幾重にもドレープが重なった華やかなドレスが映った。

(ちゃんと、言わないと)

アイリスは恐る恐る、レオナルドを見上げる。

「閣下。テラスにでも行きませんか?」

「テラス? いいだろう」

レオナルドはすぐに快諾した。


外に出ると、心地よい風が吹いていた。テラスの下では所々に明かりが点されて、庭園全体を幻想的に浮き上がらせていた。

「ここはこんなに綺麗だったのですね」

「去年も見ているだろう?」

「見ていませんわ。だって、散々でしたもの」

アイリスが口を尖らせる。

「確かに、大暴れだったな」

レオナルドは去年の一部始終を思い出し、くくっと肩を揺らした。

怪しいものはいないかとテラスの外を確認してから戻ろうとしたら、会場から出てきた三人組。そのうちのひとり、見た目はごく普通にしか見えない令嬢が若い男を拳で殴り、吹き飛ばしたのだ。

あんな光景は、これから先も二度とお目にかかることはないだろう。

「あれから一年か。早いものだ」

「本当に」

アイリスも頷く。

突然婚約者に婚約を破棄され、自慢の髪を切り落とし、騎士団に潜入した。がむしゃらに走り続けた一年だった。

「お前にはいつも、驚かされる」

「そうでしょうか？」

「ああ。ドレス姿で男を殴るわ、性別を偽って騎士団に潜入するわ、やることが突拍子もない。かと思えば、こうして淑女のようにも振る舞える」

「淑女に見えますか？」

アイリスはドレスのスカートを摘まむと、微笑む。

「ああ。あまりに綺麗すぎて、一瞬言葉を失った」

返ってきた言葉に、アイリスは息を呑む。

まさか、そんなに褒めてもらえるなんて思っていなかった。

たった一度でも彼に綺麗だと思ってもらえたなら、それでもう十分だ。

「では、最後にもうひとつ驚かせても？」

「最後？」

レオナルドは怪訝な表情を見せる。アイリスは自分を奮い立たせるように、ギュッとスカートを握った。

「はい。今日は、これまでのお礼をお伝えしようかと思いまして。私がディーンと名を偽っていた頃から、閣下にはとても気にかけていただき感謝しております」

アイリスはそこで言葉を止める。

ディーンの体調が戻ってきた頃から、随分と悩んでいた。決心したこととはいえ、声が震える。

「ディーンが元気になった今、私が皇都で騎士をしている大義名分が失われました。領地に戻ろうと思います」

「なぜだ？」

レオナルドの眉間に皺が寄る。

「なぜって……。私ももうすぐ十八歳になりますし、そろそろ良縁を結ぶ準備をしなければ――」

「だめだ」

「は？」

「だめだと言ったんだ。相手は最近独身になったヘンセル家のあいつか？」

アイリスは唖然としてレオナルドを見上げた。レオナルドは不機嫌さを滲ませた表情でアイリスを見下ろしている。

なぜ、ここで元婚約者のスティーブンの名が出てくるのだろう。

「違います」

「では、どこのどいつだ？」

レオナルドは険しい表情のまま、怒気を孕んだ声で問い返す。

「相手はまだおりません。これから探すのです」

アイリスの言葉が予想外だったのか、レオナルドは黙り込んだ。

「では、ここに残ってもいいだろう？」

少しの沈黙の後に、レオナルドが口を開く。

「領地には戻るな。ここにいろ」

「え？」

予想外の言葉に、アイリスはレオナルドを見返す。

どういう意味なのか、真意を測りかねた。

（リリアナ様付きの女性騎士がいなくなるから、困るってことかしら？）

戸惑うアイリスのほうに、レオナルドの手が伸びる。その手はアイリスの頬に、優しく添えられた。

「ここにいろ。俺の側にいろ」

こちらを見つめるまっすぐな眼差しに、まるで愛されているかのように勘違いしそうになる。

「アイリス、知っているか？　俺が美しいと思った女は、世界にひとりしかいない。お前だ」

アイリスは元々大きな目をさらに大きく見開く。

「初めてお前を見たとき、衝撃を受けた。そして二度目に会ったとき、箒を片手に握り窃盗犯と戦う姿を見て『美しい』と感じた」

アイリスは信じられない思いで、レオナルドを見返す。

「そしてさっき、着飾ったお前を見てその美しさに息が止まるかと思った」

（嘘……）

レオナルドが自分を気にかけてくれたのは、彼が上司であったから、そしてアイリスの父をレオナルドが知っていたからだと思っていた。

だから、この恋は絶対に叶わないと。

「お前のことは常に気になるし、先ほど他の男に嫁ぐと言われて怒りを感じた。男装していることを俺には明かさなかったのに、カインには明かしていたことを知ったときは苛立った。これを愛と呼ばぬなら、きっと俺は生涯女性への愛を知ることはないだろう」

アイリスは美しい顔をくしゃりと崩し、微笑みを浮かべる。

なんて、この人らしい言い方なのだろう。

「今手放さなかったら、一生離れてあげませんわよ？」

「望むところだ。もとより逃がすつもりなどない。ヘンセル男爵家の嫡男の見る目のなさには感謝しよう」

レオナルドはフッと表情を崩すと、片手をアイリスの腰へと回す。

「アイリス。お前を愛している。これからも、俺の側にいろ」

「はい。喜んで」

その姿に憧れて、恋い焦がれて、でも叶わぬ恋だと思っていた人の顔《かんばせ》が近付くのを感じてアイリスは目を閉じた。

お母様は昔、あなただけの素敵な騎士様が現れると言った。

これは没落した実家を救うために女を捨てた私の、かくも幸せな恋物語。

そしてその幸せはこの先も続くと確信している。

「アイリス、一緒に踊ろうか」

シャンデリアが煌めく会場の入り口の前で、ずっと憧れていた人がこちらに手を差し出す。

「はい」

——だって、私の行く先はこんなにも明るく輝いているのだから。

アイリスは花が綻ぶような笑みを浮かべ、そこに手を重ねた。

◆後日談　ふたりの婚約記念品

宮廷舞踏会から二ヶ月ほど経ったある日のこと、カールはレオナルドの執務室に定例の打ち合わせをしに行った。

国内の貴族の動きで気になることを些細なことでも報告しているその間、レオナルドはいつものように眉間に皺を寄せた厳しい表情をしていた。

そして、説明が終わった後もその表情はほとんど変わらない。

「お前さー、ようやく遅咲きの春が来たんだから、もっとうきうきした表情できないの？」

「何がだ？」

「ずっと『女の相手は面倒くさい』って言い続けていたお前に恋人ができたんだぞ！　ふたりで過ごした時間を思い返して、もっと幸せそうな表情をするべきだと思うんだけど」

「ふたりで過ごした時間？　そういえば、毎朝アイリスに稽古をつけてやっているのだが、回し蹴りの威力が最近増している。あいつは拳だけでなく、蹴りもいい。並レベルの騎士であれば、一撃で気絶させられるはずだ」

レオナルドは今朝の自主訓練のときのアイリスの見事な回し蹴りを思い返したのか、厳しい表情を和らげる。

「いや、そういうことじゃなくて……」

カールは表情を引き攣らせる。

恋人の可愛らしさを思い出した笑みというよりは、部下の成長を喜ぶ顔にしか見えない。

そして、嫌な予感がした。これは、もしかして――。

「つかぬことを聞くけど、デート――ふたりでお出かけは？」

「お出かけ？　先日、ワイバーンに乗って国境地帯の視察に行くのに一緒に連れて行った」

「ワイバーンは相乗り？」

「むろん、別々だ。軍においては、重傷者の搬送を除きワイバーンの相乗りなどしない」

何をあたり前のことをと言いたげに淡々と答えるレオナルドを前に、カールは額に手をあてた。

「贈り物とかは？　ドレスとか、宝石とか」

「贈っていない」

「……正気か⁉」

　あり得ない。

　二十六歳にしてようやく得た可愛い恋人に、恋人らしいことを何もしていないなんて！

「そういえば、婚約するにあたり贈る記念品に、髪飾りが欲しいと言っていたな。女物の髪飾りなどわからないから、まだ選べずにいる」

「それ、俺が協力してやる！」

（このままこいつに任せておくと、とんでもないものを選んできそうだ）

　ここは長年の友人である自分が協力してやらなければ。

　カールは瞬時にそう判断した。

「俺がいい店をいくつかセレクトして品物を用意させるから、その中から彼女とふたりで選ぶといい」

「そうか？　わかった、助かる」

　レオナルドは特に反対することもなく頷いた。

正直、どの店に行けばいいか、本人も判断に迷っていたのだろう。

普段は迅速、かつ大胆に決断を下して軍を率いるレオナルドだが、恋人に贈る髪飾りはそれ以上の難題だったようだ。

「任せておけ。俺がとびきりの店を厳選しておく」

カールは胸に手をあて、力強く頷いた。

◇◇◇

よく晴れた昼下がり、宮殿の一室には色とりどりの髪飾りが集められていた。

その数、ざっと数百点を超える。どれも皇后であるリリアナ妃も愛用している皇室御用達の、名だたる宝飾品店の逸品ばかりだ。

精緻な金細工、洗練されたデザイン、惜しげもなくはめ込まれた宝石……。

年頃の令嬢であれば、誰しもがうっとりするだろう。

「アイリス、好きなのを選ぶといい」

レオナルドにそう言われたアイリスは、おずおずとそれらの髪飾りを覗き込む。

「すごい……」

普段は凛々しい表情で騎士の任務を全うしているアイリスだが、宝石を見る姿は十八歳の令嬢そのものだった。緑色の大きな目を、キラキラと輝かせている。

カールは部屋の端に立ち、アイリスの姿を眺めた。

今日は騎士服ではなく、すっきりとしたデザインのドレスを着ていた。飾りが少ないそのドレスが、アイリスの元々持っている凛とした魅力をより引き立たせていた。

「なんかさ、アイリスちゃんって最近綺麗になったよな。前から整ったクールビューティーっぽい雰囲気はあったんだけど、なんというか色気が出てきたというか――」

「アイリスを気安く愛称で呼ぶな」

ぴしゃりとレオナルドに発言を遮られた。

「え？　いいだろ、別に」

カールは怪訝な表情で隣に立つレオナルドを見やる。まさか呼び名で怒られるとは思っていなかった。

「だめだ。それと、アイリスは昔から綺麗だ。最近ではない」

レオナルドは不愉快げな表情でカールを睨み付ける。

「………………。お前、昨日の今日で完全にキャラが変わってないか？」

誰だこいつ。

俺の知るレオナルドはこんなことを言う男ではないはずだ。

そんな感情を乗せたカールの眼差しに、レオナルドは眉を寄せた。

「変わっていない」

事実、レオナルドは何も変わっていない。

周りの男のようにお世辞を言うこともなければ、必要以上に甘く微笑むこともしない。うそ偽りない真実を告げているだけなのだ。

「あっ、そう……」

カールは頬をひくつかせると、手を口元にあてる。

「信じられない。天変地異が起こるかも……」

まさかこの男からこんな台詞を聞く日がくるとは、夢にも思っていなかった。

これも、恋心がなせる業なのか。

そのときだ。

ひとりで髪飾りを眺めていたアイリスが、少し困ったようにこちらを振り返った。

「レオナルド閣下。迷っているので、一緒に選んではいただけませんか？」

「ああ、わかった」

レオナルドはアイリスの隣に歩み寄る。

アイリスは、レオナルドがどれを選んでくれるのかと期待に満ちた目で見守っていた。

一方のレオナルドは、乞《こ》われるがままにざっと髪飾りを眺めた。

正直言って、どれも同じに見えた。

細かい紋が入っており、宝石がたくさん埋め込まれている。

「これはどうだ？」

じっと考え込んでいたレオナルドは、ひとつを手に取る。

それは、簪《かんざし》タイプの髪飾りだった。

端には金細工のアイリスの花が施され、その周囲には金剛石が惜しげもなく飾られている。

（お、なかなかいいセレクトをしたじゃないか！）

部屋の端でハラハラしながらふたりを見守っていたカールは、心の中で賞賛を贈る。

「どれでもいい」などと女心を全く理解しない発言も、レオナルドならばあり得ると心配していたのだ。

しかし、次にレオナルドが続けた言葉に「あ、やっぱりダメだった」と絶望する。

「ここの、芯の部分にある程度の長さと太さがあるのがいい。万が一にドレス姿のときに敵襲にあったら、これを髪から引き抜いて敵の喉元に突き刺せ。そうすれば、一撃で絶命するはずだ」

婚約記念品をそんな理由で選ぶ奴がいるか！と後ろから頭を叩いてやりたい。

カールはアイリスがどんな表情でそれを聞いたのかと、半ば恐怖に満ちた目で視線を移動させた。

ところがだ。

アイリスはなぜか、頬を紅潮させて感激したようにレオナルドを見上げていた。

「これ、似合いますか？」

「ああ。とても綺麗だ」

髪にそれを飾ってみせるアイリスを見下ろし、レオナルドは大真面目な顔のまま頷く。

「ふふっ、ありがとうございます。これを付けていれば、いつも閣下が守ってくださっていると安心できます」

アイリスは嬉しそうに破顔すると、「これにします」とレオナルドに髪飾りを差し出す。普段は滅多に崩れないレオナルドの表情が、その瞬間優しく緩んだ。

（いいのか？　本当にそれでいいのか⁉）

カール的には婚約記念品を選ぶ理由が『護身の武器になるから』というのは絶対に違うような気がする。

けれど、本人達が満足しているならそれでいいのか。

「……変なカップル」

カールは、思わず独りごちる。

けれど、見つめ合うふたりの様子から、相思相愛で幸せそうであることは感じ取った。

「なんにせよ、おめでとう」

恋模様は十人十色。

心から愛せる女性と知り合えた友人の幸運に、カールは心からの祝辞を贈ったのだった。

特別書き下ろし番外編

◆堅物閣下の止まらない独占欲

それは、いつものように早朝に自主訓練に行ったときのことだった。

軽く打ち合いをしたレオナルドが時計を確認したので、アイリスも自分の懐中時計を確認した。もう、レオナルドは戻らなければならない時間だ。

「アイリス。悪いが、明日からしばらくは忙しいからこの時間に来られない」

「はい、わかりました。そろそろ霊廟《れいびょう》が開く時期ですものね」

「ああ、そうなんだ」

レオナルドは軽く頷き、剣を鞘にしまう。

鍔《つば》と鞘があたる、カシャンという音がした。

ハイランダ帝国では、先代の皇帝が崩御してから十年間、命日になると霊廟を開く習わしがある。

先代の御霊に国家が栄えていることを見せて安心させるためと言われており、その際は皇帝が国民の前に立ち、国家繁栄を誓う演説を行う。

通称〝鎮魂の儀〟と呼ばれるその式典が、ちょうど一ヶ月後に迫っていた。

皇帝が国民の前に立つこの式典では、万が一にも刺客が入り込んだりしないように、ネズミ一匹の侵入も許さないような綿密な警備計画が練られる。

レオナルドは皇都を守る皇都騎士団長なので、この一大イベントの警備の責任者でもある。今、その準備で多忙なのだろう。

「ところで、今日は遅かったんだな」

時計を懐にしまったレオナルドが、つとこちらを見つめる。

「はい、申し訳ございません。少し、トラブルがありまして」

アイリスは毎朝、五時頃には訓練場に行く。

しかし、今日は六時ギリギリになってしまった。

アイリスは頭を下げて謝罪する。恋人同士とはいえ、制服を着ている間はふたりはあくまでも上司と部下の関係を崩さないのだ。

「トラブル？　何があった？」

「実は、昨晩騎士の数人が酒を飲みに行ったようなのですが──」

アイリスは昨晩から今朝にかけて起きたことをレオナルドに話す。

皇都及び皇帝達を守る騎士団の仕事に休みはない。そのため所属する騎士達はシフトを組んで、順番に休暇をとる。

昨晩、非番だった騎士達が町で酒を飲んでいたようなのだが、少々飲み過ぎて泥酔してしまった。そして明け方、そのうちのひとりが部屋を間違えて寝ていたアイリスのところに乱入してきたのだ。

騎士は力が強い。きちんと鍵をかけていたのだが、酔っ払ったその人は力任せに無理矢理開けようとして、こともあろうか木製のドアを叩き割った。

「あれには驚きました。大きな物音で目を覚ましたら、突然大男が自分にのしかかってきたのですから」

アイリスは説明しながら、眠い目を擦る。

お陰で、今日は寝不足だ。

騒ぎに気付いた周辺の部屋の騎士達がすぐに部屋から出てきてその酔っ払い騎士は自分の部屋へと連行された。

しかし、アイリスの部屋のドアは真っぷたつに割れたままだ。

隣室のカインが気を使って自分の部屋で休むといいと言ってくれたけれど、椅子ではよく眠れなかった。

「……なんだと？」

地を這うような、低い声がした。

「酔った挙げ句にアイリスの部屋に乱入し、寝ているアイリスにのしかかっただと？

その不届き者はどこのどいつだ？」

ハッとして見上げれば、レオナルドの顔には明らかな怒りの色が見えた。

（え？　なんか、ものすごく怒っている？）

アイリスは焦った。たまたま今回がアイリスの部屋だっただけで、酔った騎士が部屋を間違えることなど騎士寮では日常茶飯事だ。

これは、自分が軽率に口を滑らせたせいで彼に思った以上の処分が下ってしまうかもしれない。

「今日、ドアは直してもらうから大丈夫です」

アイリスは慌てて弁解する。

「よくあることですから」

「……よくあること？」

声が一段低くなる。

（あ、間違えたかも）

そう思ったときにはとき既に遅し。

「宿舎は男女で分かれていないのか？」

「え？　だって、女騎士は私しかおりませんから……」

皇都騎士団及び近衛騎士団に所属する独身の騎士は、原則として騎士寮に住む。そして、それは女であるアイリスも例外ではない。

アイリスはディーンとして過ごしていたときにあてがわれた部屋に今も住んでいる。女がいない騎士団に、女性用の騎士寮などあるわけがない。

「女官用の宿舎は？」

「常に満室みたいです」

「なんてことだ」

レオナルドは険しい表情のまま、呆然と呟く。

「今日中になんとかする」

「はあ」

今日中に、騎士寮内に女性用フロアでも作る気なのだろうか。もしくは、女官用の宿舎に空きがないか確認する？

（多分、どっちも無理だと思うけど……？）

アイリスは気の抜けた返事をしたのだった。

◇◇◇

その日、アイリスは勤務終了後にレオナルドのもとに来るようにと呼び出された。

レオナルドのもとに行くと、今度はなぜかワイバーンに乗るように言われた。そうしてワイバーンを操って辿り着いた先には、もう一度宮殿に戻ってきたのだろうかと見まがう程に大きな屋敷があった。

入り口には鉄柵製の両開きの門がついており、レンガの積み重なった塀がどこまでも続いている。その周囲には公園なのかと思ってしまうほど広い庭が広がっている。

「着いたぞ」

レオナルドに、ワイバーンから下りるように促されてアイリスは地上に降り立つ。目の前にそびえ立つ建物を見ると、三階建ての大きな屋敷だった。

「レオナルド様、ここは？」

アイリスは辺りをきょろきょろと見回す。

「俺の屋敷だ」

「レオナルド様の屋敷？」

アイリスはここに連れてこられた意図が掴めずに困惑した。レオナルドはそんなアイリスの手を取ると、しっかりとした足取りで屋敷へと向かう。

「旦那様、お帰りなさいませ」

玄関が開けられた瞬間、屋敷の中にいた使用人達が一斉に頭を下げる。

(す、すごい!)

屋敷の大きさにも驚いたが、使用人の人数にも驚いた。玄関に立っているだけでも三十人くらいいそうに見える。

レオナルドはつと、ひとりの男性の前で足を止める。

黒髪を後ろになでつけた清潔感のある中年男性で、眼鏡をかけている。

「オーウィン。彼女がアイリスだ」

「はじめまして、アイリス様。私はこの屋敷の家令をしております、オーウィンです」

オーウィンと呼ばれた男性が丁寧に腰を折る。

アイリスは戸惑いながらも、「はじめまして。アイリスです」と自己紹介した。

「準備は?」

「整っております」

「よし」

レオナルドは満足げに頷くと、つかつかと屋敷の奥へと進む。アイリスも慌ててその後を追った。

「ここだ」

三階の一室の前で、レオナルドが立ち止まる。ドアが開けられて、中の光景を見たアイリスは思わず「わぁ！」と感嘆の声を漏らした。

細かな彫刻が施された鏡台、猫足のクローゼット、花柄のカーテン、煌めくミニシャンデリア。そこには、年頃の女性の夢が詰まった部屋が広がっていた。

「すごいわ！」

「気に入ったか？」

「それはもう」

「それはよかった。午前中にカールを掴まえて家具の店を紹介してもらった甲斐があった」

(午前中にカール様に？)

この部屋の調度品は、今日手配して運び込ませたのだろうか。

「……ところで、私はなぜここに？」

アイリスはレオナルドを見上げて首を傾げる。

「今日から、ここに住むんだ。騎士寮の荷物も運び込ませてある」

「ああ、なるほど。それで」

（だからここに連れてこられたのね）

などと呑気に考え、はたと立ち止まる。

（ここに住むって言ったかしら？）

「騎士寮の部屋は？」

「空室にしてきたから安心しろ。今後のために女性騎士用の寮を作る予算も、次年度確保しよう。アイリス以外にも女性騎士が来るかもしれないからな」

「それはありがとうございます。…………。え？　ええー！」

アイリスはようやく意味を理解して、絶叫する。

自分がここに住む？

今日から？

あまりの急展開について行けない。

「あの、レオナルド様。何も、ここまでしていただかなくても――」

確かに『今日中になんとかする』とは言っていたけれど、まさかこんなことを計画していたなんて思いも寄らなかった。

「気にするな。どうせ、もうすぐここに住むことになっていたのだから、少し早くなっただけだ」

「それはそうなのですが……」

そう言われると、返す言葉もない。アイリスとレオナルドは婚約しており、半年後に結婚することになっていた。

つまり、予定が半年早まっただけだとも言える。

「それに、俺が嫌なんだ」

「嫌？」

「寝ているお前の部屋に乱入した男がいると聞いたとき、頭に血が上ってそいつを八つ裂きにしてやりたいと思った」

「それは……」

怒気を孕んだレオナルドの声は、冗談を言っているようには聞こえなかった。

（な、名前を言わなくてよかったわ！）

八つ裂きにされなくとも、謹慎処分くらいにはなっていたかもしれない。

「大袈裟です。彼らは私を女だと思っていません」

アイリスは笑って片手を振る。

騎士、特に近衛騎士団や皇都騎士団に所属する騎士は多くの女性の憧れの存在だ。

そんな彼らが、男のような自分に異性としての興味を持つとは思えない。

レオナルドはその手をパシンと掴んだ。

「そんなことはない。お前は綺麗だ」

猛禽類を思わせる鋭い視線に射貫かれ、恐怖とはまた違うぞくりとした感じがした。

顎が掬い上げられ、唇が重ねられる。

「ん……」

いつになく荒々しいキスに明確な独占欲を感じ、脳天を痺れさせるような快感が広がる。体から力が抜けそうになった頃にようやく唇を解放された。

「ここに住むんだ。わかったな？」

「はい」

アイリスは顔を真っ赤にしながら、コクコクと頷く。

そのとき、トントントン、とドアをノックする音がした。

「旦那様、アイリス様。晩餐の用意が整いました」

どうやら、食事に呼びにきたようだ。レオナルドはドアの向こうに向かって「わかった。すぐに行く」と答えた。

「食事の準備が整ったようだ。行こうか」

「はい」

「昨日は寝不足だったか？」

「はい」

「なら、今夜はよく休まないとだな。残念だ」

（ざ、残念って！）

これってどういう意味？　そういう意味？

うるさい心臓を鎮めようとするけれど、なかなかうまくいかない。

晩餐は騎士寮の食堂ではまずお目にかかれないようなご馳走だったけれど、緊張でほとんど味がわからなかった。

就寝前、アイリスはひとり、部屋の中央に置かれた大きなベッドに横たわる。

真新しいシーツが敷かれたそれは、騎士寮のベッドとは比べものにならないほどふかふかで気持ちがいい。

（なんか、怒濤の急展開だったなぁ）

結婚すればいずれは一緒に住むことになるのはわかっていたけれど、まさか、こんなに早いとは思ってもみなかった。

（レオナルド様と一緒に暮らす？　これから毎日？）

今日この部屋に案内された際の、少し強引なレオナルドの様子が脳裏に甦り、急激に気恥ずかしさを感じた。

(これはまずいわ。どうしましょう)

強引にされるのが嫌なわけではない。

ただ、ドキドキしすぎて心臓が持たない。

結局、この日もアイリスは昨日とは別の理由でほとんど眠ることができなかったのだった。

◇◇◇

レオナルドの屋敷に来て二週間ほどが経った。

屋敷の人々は皆親切で、アイリスのことを未来の女主人だと歓迎してくれた。

とてもよくしてもらっていると思う。

けれど、なんとなく物足りない――。

「レオナルド様、今日も遅いのね……」

食事を取りながら、アイリスは目の前の空席を見てため息をつく。

(まあ、忙しそうだから仕方がないか)

霊廟が開く直前である今、レオナルドはまさに一年で最も忙しい時期を迎えていると言っても過言ではなかった。

「一緒に住んでも、案外会わないものなのね……」

宣言通り、早朝の訓練にはここ二週間来ていない。どうやら夜も宮殿にある自分の執務室にある簡易ベッドに寝ているようだ。

ちょっぴり寂しい。

けれど、我が儘を言うわけにもいかない。

なにせ、向こうは仕事なのだ。

(鎮魂の儀のときはお祭りだけど……)

鎮魂の儀に合わせて、皇都では一週間ほど祭りが続く。まだ両親が健在だった頃に一度だけ訪れたことがあるが、たくさんの屋台が軒を連ねてそれは賑やかだったのを思い出す。

「賑やかってことは、人が多いのよね」

人が多いということは、即ちそれに伴う犯罪も増加するわけで——。

「やっぱり無理ね」

レオナルドと一緒にお祭りを回ってみたいと思ったけれど、到底叶いそうにない。

アイリスはゆるゆると首を振ると、ひとり食事を取ったのだった。


翌日、アイリスはいつものようにリリアナの護衛をしていた。

件の式典では国内の貴族を招いた晩餐会も行われるのだが、その主催は皇后であるリリアナだ。席順ひとつとっても参加貴族達は敏感になるため、準備には細心の注意が必要になるという。

「リリアナ様。休憩になさいましょう」

二時間近く経っただろうか。

ずっと書類と向き合っていたリリアナに、ナエラが声をかける。

「あら、もうそんな時間なのね」

リリアナはきょとんとした顔で時計を確認する。

ナエラが紅茶を運んできて、ティーセットがリリアナの前に置かれた。もうひとつ置かれたのは、ずっと立ちっぱなしで部屋の隅に控えていたアイリスのためのものだろう。

本来であれば一介の近衛騎士であるアイリスが皇后であるリリアナとお茶を飲むな

ど許されないことだが、毎回リリアナがどうしてもというので、いつの間にか言われる前にアイリスの分まで用意されるようになった。

「そういえば、アイリス。騎士寮を出たのですって？」

紅茶を飲んでひと息ついたリリアナが、アイリスに問いかける。

「はい。よくご存じですね？」

「だって、近衛騎士の方達がみんながっかりしていたもの」

「がっかり？」

アイリスは首を傾げる。

「女官向けの宿舎にいるの？」

「いえ、実は……」

アイリスは、あの日に起こったことの一部始終をリリアナに話した。

ある晩、酔っ払った騎士が部屋を間違えて乱入してきたこと。それを聞いたレオナルドが激怒したこと。そのままの成り行きで、レオナルドの家に住まわせてもらっていること——。

「——というわけなんです。えーっと、リリアナ様？」

なぜか、目の前に座るリリアナの瞳がキラキラと輝いている。両手を口元にあて、頬は心なしか紅潮していた。

「そ、それはもしかして……！　俺の女に手を触れるやつは許さない、お前を守るのは俺だってやつね！」

リリアナは興奮気味に叫ぶと、近くにいたナエラのほうを振り返った。

「ねえ、ナエラ！　聞いたかしら？」

「はい。聞きました」

ナエラがしっかりと頷く。

「きゃー、素敵だわ！　レオナルド様、ああ見えて意外と情熱的なのね」

リリアナはまたアイリスのほうを向くと、両手をテーブルについて身を乗り出す。

「それで？　それで？　毎晩どんなふうに愛を囁いてくれるの？」

リリアナは興味津々の様子でこちらを見つめる。アメジストを思わせるその紫の瞳は期待で満ち溢れていた。

「えっと、特には何も」

「何も？」

リリアナの形のよい眉が寄る。

「はい。会っていませんから」

「会っていない？」

「その……、レオナルド様はお忙しいようです。式典と祭りの警備計画で――」

アイリスはリリアナの勢いに圧倒され、上体を引きながらも、レオナルドが多忙で屋敷に帰ってすら来ないことを告げる。

それを聞いたリリアナは、信じられないと言いたげに目を見開いた。

「なんてことなの……」

「リリアナ様？」

気のせいだろうか。心なしか、リリアナの肩がふるふると震えている。

信じられないわ、とか、愛し合う恋人同士が一番楽しいときなのに……、などとぶつぶつと呟いている声が聞こえた。

「では、お屋敷に行った日以来、一度も？」

「はい。レオナルド様はお忙しいので。お祭りに一緒に行ってみたかったけれど、それも無理そうです」

リリアナはそんなアイリスを見つめ、きゅっと唇を引き結ぶ。

「アイリス、わたくしに任せて！」

リリアナが力強く片手を胸にあてる。

「え？」

（何を任せるのかしら？）

とにかく、嫌な予感しかしなかった。


その二時間後、アイリスは片手に書類を、もう片手になぜかふたり分のティーセットを持って宮殿内を歩いていた。リリアナに届け物を頼まれたのだ。

『ちょうどね、至急でレオナルド様に直接届けたい書類があったの。至急なの！』

リリアナは妙に〝至急〟と〝直接〟というところだけを強調する。

『――ということで、アイリスが届けてきて』

リリアナはにこりと微笑むと、アイリスにその白い封筒を手渡す。

『絶対にご本人に直接渡してね。あとね、晩餐会で皆様に振る舞おうと思っている美味しいお菓子と茶葉が手に入ったから、これを一緒に飲んでレオナルド様からも感想を聞いてきてね。それと、アイリスはこの後一時間休憩よ。一時間は戻ってこないでね！』

なんともわかりやすい気の使い方だ。

（リリアナ様らしいわ……）

アイリスは先ほどのリリアナの様子を思い浮かべ、ふふっと笑う。

アイリスがレオナルドとほどんど会っていないというのを聞いて、無理矢理ふたりの時間を作ろうと画策した結果なのだろう。

近衛騎士団の団長はレオナルドが兼任しているが、所属していても団長であるレオナルドの執務室に訪れることは滅多にない。目的の場所に到着すると、アイリスは少し緊張の面持ちでドアをノックした。

「入れ」

低い、威厳のある声がした。

「近衛騎士団、リリアナ妃付きのアイリスです」

「アイリス？」

目が合うと、レオナルドの目が大きく見開かれる。アイリスが自身の執務室を訪ねてくるなど、思ってもいなかったのだろう。

すっくと立ち上がると、アイリスのほうに歩み寄ってきた。

「何かあったのか？」

「リリアナ様から、お届け物を預かって参りました」

「リリアナ妃から？」

レオナルドは怪訝な表情でアイリスの手渡した白い封筒の端を切る。中身を確認するその表情からは、何も読み取れなかった。

(何が書いてあったのかしら？　今度の式典のこと？)

レオナルドはその書類をまた封筒へとしまう。そして、アイリスの手元へと視線を向けた。

「その紅茶と菓子は？」

「閣下に味を見てもらえと」

「なるほど。では、ご馳走になろうか」

レオナルドはアイリスを執務室内の応接セットへと促す。大きなソファーの端に座ると、アイリスはティーカップをレオナルドの前に差し出した。

「アイリスは飲まないのか？」

アイリスは少し迷った。

(リリアナ様は一時間休憩だと仰ったから、平気よね？)

「飲みます」

紅茶をひと口含むと、リリアナが『よい茶葉が手に入った』と言っていただけあり、芳醇な味わいが口いっぱいに広がった。

横に座るレオナルドをちらりと窺い見る。疲れているのか、背もたれに寄りかかるレオナルドは片手で鼻の付け根と目頭の辺りを解していた。

「最近、忙しそうですね」

「まあな。だが、毎年のことだ。あと二週間で終わる」

気だるげな口調には疲労感が滲み出ている。

「俺がいなくて、不便はないか？」

レオナルドが片手を伸ばし、アイリスの髪に触れる。その指先はすすっと髪の毛をすり抜け、肩へと回った。

「はい。お屋敷の方達は、皆様とてもよくしてくださいます」

レオナルドの屋敷の使用人達は皆、アイリスのことをレオナルドの婚約者として丁重に扱ってくれる。困っていることは何もない。

「本当に？」

レオナルドが上体をこちらに向け、肩に触れているのと反対の手の指先がアイリスの頬に触れる。

まるで自分の気持ちを見透かすような瞳で見つめられ、アイリスは言葉を詰まらせた。

レオナルドの顔が近付き、唇が重なった。

まるで会えなかった期間を埋め合わせるように優しいそれは、アイリスを容易く蕩けさせる。

「本当に言いたいことはないのか?」

「…………。レオナルド様がいらっしゃらなくて寂しかったです」

掻き消えそうな声でそう告げると、レオナルドの普段は崩れない顔に、笑みが浮かぶ。

「笑いごとじゃありません。突然有無を言わせずに引っ越しさせられたと思ったら、レオナルド様が帰っていらっしゃらなくなるなんて聞いていません」

「悪かった」

「本当に悪いと思っていますか? 嬉しそうです」

アイリスは口を尖らせる。

口元に僅かな笑みを浮かべるレオナルドは反省しているというより、どことなく楽しそうに見える。

「アイリスが俺がいないのが寂しいなどと可愛らしいことを言うのが悪いな」

レオナルドは少し意地の悪い顔でアイリスを見つめ、にやりと笑う。

「この仕事が一段落したら、アイリスが望むだけ一緒にいる」

耳元で囁かれ、鼓膜が揺れる。アイリスは頬が赤らむのを感じた。

「……ありがとうございます」

「ああ。他にはない？」

「他？」

（……お祭りに一緒に行きたいっていうのは、さすがに我が儘すぎよね？）

「他は大丈夫です」

「アイリス。ちゃんと言わないとわからないぞ」

肩を抱き寄せる腕にぐっと力が籠《こも》り、頬に触れる指先が優しく肌をなぞる。

「寂しい思いをさせた詫びだ。アイリスの願い事を聞こう」

額に柔らかな唇が押しあてられる。

普段は厳しいのに、ふたりきりのときだけそんなふうに優しくしないでほしい。

こんな我が儘は言ってはいけないと思うのに、甘えてしまいたくなる。

「本当は、レオナルド様とお祭りに行きたいです」

アイリスは小さな声でそう言う。

（呆れられてしまったかしら？）

おずおずとレオナルドを見ると、彼は呆れることなく微笑んだ。

「わかった。時間を作ろう」

「本当に？」

予想外の答えに、アイリスは驚いてレオナルドをまじまじと見つめる。

この式典とそれに伴う祭りの期間中、レオナルドは皇都の警備の最高責任者だ。そのレオナルドに休みが取れるとは思えなかった。

「祭りは七日間続く。数時間なら、俺がいなくともグレイルが代わりを務められる。そもそも、俺がいなければ機能しない警備など、意味がない」

「ありがとうございます」

まさか、色よい返事がもらえるなんて思ってもみなかった。アイリスは嬉しさから、笑みを零す。

その様子を見ていたレオナルドはふっと笑う。

「時折話に聞く女の我が儘は面倒にしか思えなかったが、案外心地いいものだな」

アイリスの顔は、気恥ずかしさで真っ赤になる。

「我が儘だと思いましたか？」

「いや。可愛いおねだりだと思った」

「絶対に約束ですよ？」

「もちろんだ」

大きな手が頬を撫で、もう一度唇が重なった。

◇◇◇

「やっぱりこれは、私には可愛すぎるかしら？」

アイリスは今着たばかりの普段着用ドレスを脱ぎ、また別のドレスを着る。けれど、しっくりこなくてまた脱ぐことの繰り返し。もう、何回目の着替えになるのかもわからない。

（普段着慣れないから、なんだか気恥ずかしいのよね……）

騎士として働くアイリスは普段、近衛騎士の制服を着ている。

屋敷に戻ってきても騎士服の上着を脱いだだけの楽な格好をしていることが多いので、滅多にドレスを着ることがない。さらに、その滅多に着ないドレスも飾りの少ないシンプルなデザインを選ぶことが多かった。

（こういうの、着てみたいけど）

アイリスは目の前に広がるドレスを見る。

これらは、アイリスがレオナルドの屋敷に来る前に部屋の調度品と一緒に事前に用意してくれていたものだ。

一番上に乗っているドレスはピンク色の生地が下に行くにつれて濃くなるグラデーションになっており、膝から下の辺りには大きな椿の花が染め付けてある。スカートに入ったスリット部からはふんだんなレース飾りが覗いていた。

(どうしよう。着てみようかな)

鎮魂の儀に伴い、七日間に亘り皇都全体が祭りになる。

最後に参加したのがずっと前なので近衛騎士団の仲間に聞いたところ、町中は家族連れやカップル達で溢れるという。

祭りの最中も騎士団は普段通りシフトが組まれるが、仕事がない時間帯は恋人と祭りを回るという騎士も多い。先日たまたま会って立ち話したカインも、故郷から恋人が来ると嬉しそうにしていた。

(みんなの恋人はきっと、可愛い格好して来るんだろうな)

自分も着てみたい。でも、男勝りに騎士などしている自分には、どうしても似合わないような気がしてしまう。

決めきれずにいたそのとき、ふと部屋の壁に設えられた大きな姿見に映る自分自身が目に入る。服を脱いで肌が露わになった自身の姿を、アイリスは見つめた。

(傷、目立つな……)

体の至るところに騎士団に入ってからできた傷跡があった。

アイリスは自分の右腕の上腕を、反対の手でそっと撫でる。

そこには、くっきりと大きな傷跡が残っていた。以前、アイリスが皇都騎士団の第五師団で任務にあたっていた際に窃盗犯に切りつけられて負ったものだ。傷口はカインが縫ってくれたので綺麗に塞がったが、傷跡はしっかりと残ってしまった。

騎士の仕事は好きだ。

皇都騎士団に入団したことも後悔していないし、第五師団での経験も自分の成長に繋がったと信じている。

けれど、これぱっかりは少し落ち込んでしまう。

(騎士服を脱いでも、やっぱり女らしくない)

こんなに体中が傷だらけの貴族令嬢など、ハイランダ帝国中を探しても、アイリスしかいないだろう。結婚してこの体を見られたらレオナルドにも幻滅されてしまうのではないかと、怖くなる。

「これを着たら、少しは女らしく見えるかな？」

アイリスは先ほど気になった、ピンク色のドレスを手に取る。ドレスの肩の部分を両手で持ち上げて体に合わせると、思いの外似合っているようにも見える。

（レオナルド様からいただいた髪飾りを合わせようかな）

試しに婚約記念にレオナルドから贈られた髪飾りを頭に付け、もう一度鏡の前に立つ。

「うん。いい感じ」

見た目には、〝お洒落をした少しいいところの出のご令嬢〟に見えた。

（レオナルド様、綺麗だって思ってくださるといいな）

想いを通わせたあの舞踏会の日のように、また『綺麗だ』と言ってくれたならどんなに嬉しいだろう。

（楽しみだな）

アイリスはカレンダーで約束の日を確認すると、表情を綻ばせた。

◇　◇　◇

右を見ても左を見ても多くの人達の笑顔で溢れている。

正面にある串焼きの出店では威勢のよいかけ声が聞こえ、背後にある噴水のある池の縁にもずらりと人が座っている。

(すごい人だわ)

アイリスはその人の多さに圧倒された。

第五師団に所属していたときは毎日のように馬に乗って皇都内を巡回していたけれど、ここまで人が多いのは見たことがなかった。

今日が鎮魂の儀に伴う祭りの最終日であることも人混みの原因だろう。

「お嬢さん、おひとりだったら――」

今日、これで何度目だろう。アイリスは、見知らぬ男性に声をかけられる。年の頃はアイリスより少し上に見えた。

「ごめんなさい。待ち合わせをしているの」

アイリスは一緒に祭りを回らないかというお誘いを丁重にお断りする。男性は残念そうな顔をしたものの、すごすごと引き下がった。

アイリスは懐中時計を取り出して時刻を確認する。

約束の時間まではまだ三十分以上あった。

（楽しみすぎて、早く来すぎちゃったな。レオナルド様、まだ来ないわよね？）

アイリスは宮殿へと繋がる大通りを見やる。人々の頭上、店舗の軒先に飾られた赤い吊し飾りがどこまでも続いているのが見えた。

今日は休暇のアイリスに対し、忙しいレオナルドは昨晩も宮殿に泊まり込んでいた。けれど、必ず時間を作るから一緒に回ろうと約束したので、ここで待ち合わせしたのだ。

（こんなに人が多いと馬が扱いにくいから、警備がしにくいだろうな）

人が多いと、おのずと喧嘩や窃盗などのトラブルは増える。それを取り締まるのが皇都騎士団及び保安隊の役目だが、今日のこの状況はひと苦労だろう。

（何にもないといいけど――）

そのとき、アイリスはふとひとりの男に目を留める。

（あの人……）

第五師団で警備をしていた経験上、すぐに動きが怪しいと思った。

何を買うわけでもないのに店の軒先に行ったと思えば、反対側の軒先に行く。けれど、店の商品を見ているわけでもなく、買い物をしている人の背後にぴったりとくっついているのだ。

なんとなく気になって、アイリスはその男をじっと見つめる。

（盗んだ！）

目にも留まらぬ早業で男が前に立つ男性の鞄から何かを抜き取る。一瞬のことだったので、周りの誰も気が付いていなかった。普段から窃盗を日常的に行っている常習犯かもしれない。

「待ちなさい！」

アイリスはその男に向かって叫ぶ。

男は見られているとは思っていなかったようで、ぎょっとしたような顔をしてアイリスのほうを振り返る。けれど、すぐにまた前を向いて人混みの中を走り出した。

（追いかけないと！）

近衛騎士団に入っても、皇都騎士団のときの習性はなかなか消えない。考えるより先に、体が動き出していた。

アイリスは走る。けれど、人が多いことと着慣れないドレスを着ていることで、動きにくくてなかなか追いつけない。

「誰か、その男を捕まえて！」

アイリスの声に道行く人々が驚いたように振り向くが、男はそんな中をどんどん前へ進んでゆく。

(路地に逃げる気だわ)

人混みを必死で掻き分けながら前方を走る男が店と店との間にある細い道へと入り込むのが見えた。アイリスもそこで細い道へと入り込む。

(よし、追いつけるわ)

たとえドレスを着ていても、アイリスは精鋭のみがなれる近衛騎士団に所属する優秀な騎士だ。徐々に距離を詰めて、男に追いついた。

「待ちなさい！」

足に力を込めると、後ろから体当たりをする。前を走っていた男はその衝撃で地面へと前から倒れた。アイリスはその隙を逃さずに上から押さえつけると、髪に挿していた髪飾りを引き抜き、男の首元に押しあてた。

「大怪我したくなかったら、大人しくしなさい」

尖った先端部が男の肌に食い込む。男の口から、「ひっ！」と声にならないような音が漏れる。

「か、返すから助けてくれ」

男が情けない声で命乞いしたそのとき、馬が近付く蹄《ひづめ》の音が聞こえてきた。

「おい、大丈夫か⁉　……って、アイリス？」

聞き慣れた声がしてアイリスは声がしたほうを振り返る。

「カイン！」

そこには、黒い騎士服姿のカインと、ペアの騎士がいた。

「窃盗の現場を確認して、追いかけて捕獲したの」

アイリスは一部始終を話す。

「なるほど、俺達は逃げる男がいるって通報でここに来た。じゃあ、後は俺達に任せろ」

カインは素早く持っていた捕縛用のロープでその男を締め上げると、そのロープをペアの騎士に手渡す。宮殿にある拘置所に事情を聞くために連れて行くのだ。

「ところでアイリス。着替えたほうがいいんじゃないか？」

カインはやるべきことを済ませると、気まずげにアイリスに視線を送った。

「え？」

アイリスは自分の姿を見下ろす。

男に体当たりした後に地面に押しつけて拘束したせいで、ピンク色のドレスは土汚れで至るところが茶色くなっていた。さらに、地面と擦れたのか一部は生地が破れている。

加えて、剣を持っていなかったので咄嗟に髪飾りを引き抜いてしまったせいで、綺麗に纏めていた髪の毛も今はぐちゃぐちゃだ。

「宮殿に予備の騎士服は置いてある？」

「あるわ」

「じゃあ、一緒に連れて行ってやるよ。乗って」

（どうしよう……）

アイリスは迷った。

もしかすると、レオナルドがそろそろ広場で待っているかもしれない。けれど、こんな格好では一緒に回ることもできないし、幻滅されてしまうかもしれない。

懐中時計を確認すると、まだ待ち合わせまで十五分ほどある。

（馬なら十分もかからず宮殿に戻れるわよね。急いで着替えて駆けつければ、さほど遅刻せずに間に合うかしら？）

「じゃあ、お願いするわ」

「よし。乗って」

先に騎乗したカインがアイリスが騎乗するために手を貸す。アイリスがカインの後ろに跨がると、馬は颯爽と走り出したのだった。

◇　◇　◇

いつまで経っても待ち人が現れず、レオナルドは辺りに視線を走らせる。

既に、待ち合わせの時間を十分ほど過ぎている。

（遅いな……）

レオナルドは今日、アイリスと皇都の祭りを回ろうと約束した。アイリスの性格を考えれば待ち合わせの時間前に到着して待っていそうなものだが、その姿はどこにもなかった。

先日、アイリスが執務室を訪ねて来た際は正直驚いた。何か屋敷で不都合が起きたのかと思ったが、用件は意外なものだった。

『リリアナ様から、お届け物を預かって参りました』

そう言って渡された書類を開くと、内容は予想外のことだった。

【アイリスはわたくしの大切な友人です。アイリスの願い事、ちゃんと聞いてあげてくださいね】

端的に言うと、そんな内容が書かれていた。

自分が女性に対して武骨であり、同じく皇帝の側近であるカールのように気の利いたことができていない自覚はある。

(願い事？　ドレスや宝石でも欲しいのか？)

そう思って聞き出すと、アイリスの口から漏れたのは意外な言葉だ。自分に会えなくて寂しかったということと、一緒にお祭りに行きたいというなんとも可愛らしいおねだりだった。

その可愛らしい姿を見たら、絶対に叶えてやりたいと思った。

レオナルドは再び時計を見る。

(女は準備に時間がかかるというしな)

ふとした会話の中で、度々そんな話を耳にしたことがある。レオナルドの側近のグレイルも、毎回外出の際の妻の準備が非常に長く、思う時間に屋敷を出られた例しがないとぼやいていた。

どれくらい待っただろうか。恐らく、時間にすれば二十分ほどだろう。

「レオナルド様、申し訳ありません。お待たせいたしました」

ようやく現れたアイリスを見て、レオナルドは怪訝に思った。

どこか沈んだ表情をしたアイリスは、長袖の白いシャツに白いズボンを履いていた。上着を着ていないので一見するとわからないが、これは――。

「今日は休みではなかったのか？」

それは、レオナルドにはどう見ても近衛騎士団の制服に見えた。仕事でもなかったはずなのに、どうしたのだろうか。

「……休みでした」

「では、どうして騎士服を着ている？」

「それは……」

アイリスは落ち込んだように視線を彷徨わせる。

その様子は、明らかに自発的に騎士服を着てきたようには見えなかった。

(どうかしたのか？)

「どうした？」

レオナルドはアイリスの顔を覗き込む。アイリスはその緑色の瞳を悲しげに伏せた。

一方のアイリスも、事実として気持ちが沈んでいた。せっかくレオナルドが時間を作ってくれたからとお洒落したのに、すべてが台無しになってしまった。

「窃盗犯の犯行現場に遭遇し、捕獲時にドレスが汚れて使い物にならなくなりました」

アイリスは事情をぽつりぽつりと話し始める。

「アイリスが追跡したのか？」

「はい。人混みで皇都騎士団の巡回騎士は気付いていなさそうだったので」

沈黙がふたりを包み込む。

アイリスはどことなく居心地の悪さを感じた。

(呆れられてしまったかしら？)

おずおずと視線を上げると、なぜかレオナルドは肩を揺らして笑っていた。

「あの……、レオナルド様？」

「お前は変わらないな。皇都で再会したときも、男のような格好でひとりで窃盗犯を追跡していた」

「え？」

忘れかけていた日の記憶が甦るのを感じた。

レオナルドと皇都で再会したとき、アイリスは窃盗犯ふたり組を追跡していた。油断して反撃されそうになったところを、レオナルドに助けられたのだ。

「呆れましたか？」

「いいや。前にも言っただろう。俺は箒を持って窃盗犯と対峙するアイリスを見て〝美しい〟と思ったんだ。惚れ直すことはあっても呆れることなどない」

思ってもみなかった答えに、胸がときめく。

「そこで追ったのは騎士としては正しい判断だ。よくやったな」

レオナルドの大きな手が、アイリスの頭を撫でる。ぽんぽんと優しく触れられ、心の強ばりが解れてゆくのを感じる。

「本当は、レオナルド様に綺麗に着飾った姿をお見せしたかったのです」

アイリスはポツリと漏らす。

滅多に着る機会がないからこそ、レオナルドに見てほしかった。

「お前はそのままでも十分綺麗だ」

レオナルドは無造作に落ちて顔にかかるアイリスの髪を、指先で耳にかける。

「だから、後で屋敷に戻ってから別のドレスに着替えて見せてくれ。お前の女らしい姿は、俺だけが独占したい。これからも俺だけのために、着飾ればいい」

驚いて目を見開くアイリスを見つめ、レオナルドはフッと笑みを漏らす。

「祭りを回りたかったのだろう？　行くぞ」

「はい」

自然な所作で手が握られ、レオナルドが先に歩き出す。

触れあった部分から、体全体に温かさが広がっていくような気がした。

その日の晩、アイリスはクローゼットに入っているドレスのうちの一着を着た。黄色いドレスには全体に赤い花が描かれており、とても華やかなものだ。

「どうでしょう?」

おずおずとレオナルドの前に出ると、レオナルドは口元を綻ばせる。

「似合っている」

「ありがとうございます」

「ここに来い」

短く命じられ、アイリスはレオナルドのもとに歩み寄る。

「やはり、アイリスは外では騎士服でいい。こんな姿を見たら、男は皆吸い寄せられる」

「そんなことは――」

と言いかけ、ふと今日はやけに色んな男性から一緒に回らないかと声をかけられたことを思い出す。けれど、前回騎士寮の部屋に酔った同僚が乱入してきたときの怒り具合を考えると、言わないほうがいいだろう。

目の前まで歩み寄ったタイミングで、腕をぐいっと強く引かれる。

バランスを崩したアイリスは、あっという間にレオナルドの腕に囚われた。急にレオナルドが至近距離に近付き、胸が高鳴るのを感じた。

「現に俺は、吸い寄せられた」

男性から口説かれ慣れていないアイリスは、すぐに頬を赤く染める。

そのとき、何かに気付いたように、大きく開いた襟元から露わになった肩にレオナルドが指を沿わせた。アイリスはハッとして自分の肩に視線を落とす。

「申し訳ありません。お見苦しいものをお見せして」

レオナルドの視線の先、肩口には切り傷があった。アイリスの体にあるたくさんの傷のうちのひとつだ。

「何度言えばわかる。見苦しくない」

「でも、私の体、これ以外にも傷だらけなのです」

「それは、アイリスが騎士としての職務を全うした、勲章のようなものだろう」

少し眉を寄せたレオナルドは、肩にあるその傷跡に唇を寄せる。触れられた場所から熱が伝わり、その熱に浮かされてしまいそうになる。

目が合うと、レオナルドはくすりと笑う。

「その顔を俺がさせていると思うと、たまらないな」

「どんな顔ですか？」

「たまらなくそそる顔だ」

そして、今度は額、頬、鼻先へと口づけ、最後に唇にキスをする。

「ドレス姿も、なかなかよいものだな」

目の前のテーブルに置かれていたグラスを手に取ったレオナルドは、どことなく楽しげだ。ドレスと聞いて、アイリスはふとウエディングドレスをそろそろ作らなければならないことを思い出す。

「あの、そろそろウエディングドレスを作らなければならないのですが――」

「ウエディングドレス？　そうか、ドレスは仕立てに時間がかかるのだな」

「リリアナ様に、仕立屋を紹介したいと言われたのです」

リリアナにドレスの手配は済んでいるのかと聞かれたのはつい先日のこと。まだ決まっていないことを伝えると、是非紹介させてほしいと言われたのだ。

「リリアナ妃に？　アイリスが嫌ではないのなら、頼んだらどうだ？」

そこまで言うと、レオナルドは表情を崩す。

「楽しみにしている」

◇◇◇

純白のウエディングドレスは幾重にもドレープが重なり、裾に行くにつれて広がる見事なものだった。

アイリスはそれを着た鏡の中の自分の姿を見つめる。

ようやく肩より五センチほど下まで伸びた髪は、美しくまとめ上げられており、そこにはレオナルドから婚約記念にもらった髪飾りが付けられていた。

首元に輝くのは髪飾りと同じ金剛石が惜しげもなく使われたネックレスだ。

「おかしくないかしら……」

綺麗なドレスを着る度に言ってしまう、お決まりの台詞が口から漏れる。

レオナルドはいつも綺麗だと言ってくれるけど、まるでお姫様のような格好に、恥ずかしさが拭えない。

リリアナ様だったらきっとお似合いだろうな、などと思ってしまう。

「とてもお綺麗ですよ」

「こんなにお美しい花嫁は滅多におりません」

そんなアイリスの不安を拭い去るように、今日の準備を手伝ってくれた侍女達は、口々にアイリスを褒めてくれた。

リリアナがアイリスのために特別に手配してくれたのは、リリアナのウエディングドレスも手がけたハイランダ帝国随一の仕立屋だった。

『リリアナ様。ドレスの件、是非お願いしてもよろしいでしょうか？』

アイリスがおずおずとそう告げたときのリリアナの目の輝きようといったら、それはもう新しいおもちゃをもらったばかりの子供のようだった。

『もちろんよ』

屈託なく笑うと、アイリスよりもやる気を漲《みなぎ》らせてドレスのデザインを考えてくれた。

何十ものデザイン画から最終的に選ばれたのは、細く絞った腰からドレープを重ねて裾に行くにつれて広がるデザインだ。レース飾りがふんだんに使われた袖は肘の下まであり、アイリスの腕の怪我を自然に隠している。そして、ドレスには精緻な刺繍と共に、真珠が縫い付けてあった。

『きゃー、素敵！　きっとレオナルド様、これを着たアイリスを見たら跪《ひざまず》いて愛を請いたくなるわ』

出来上がったドレスを見て大喜びで興奮するリリアナの様子を思い出し、アイリスは笑みを零す。

「姉さん、行こうか」

控え室のドアがノックされて、顔を出したのは弟のディーンだ。すっかり元の健康さを取り戻したディーンを見て病気で二年近く伏せていたと思う人はいないだろう。服の上からでも、逞しさが窺える。

「ええ」

アイリスはディーンに差し出された手を取る。

精巧な彫刻が全面に施された、大聖堂の大きな扉が開かれる。

多くの人に見守られながら最愛の人のもとへと足を進める。途中で騎士団の仲間達、お世話になったカトリーン、そして、リリアナもいるのが見えた。

ディーンからレオナルドへと、アイリスが託される。

式典用の豪華な軍服に身を包むレオナルドの凜々しい姿に、アイリスは目を細める。

優しく手を取られ、祭壇の前に並ぶ。宣誓し、最後に向き合うと、レオナルドは体を屈めてアイリスの顔を覗き込む。

「想像以上に、とても……綺麗だ」

こちらを見つめる熱に浮かされたような瞳に、確かに愛されているのだと感じた。

「レオナルド様のために、着飾りました」

アイリスは花が綻ぶかのような笑みを浮かべる。

アイリスはハイランダ帝国で唯一の女性騎士だ。いつか子供ができて剣が握れなくなるその日まで、辞めるつもりはない。けれど、そんな自分にも女として生きる喜びを教えてくれたのはこの人だ。

（お父様、お母様。私は幸せになります）

ゆっくりと顔が近付き、影が重なる。

聖堂のステンドグラスから漏れる光が、ふたりを祝福するかのように降り注いだ。


〈了〉

あとがき

皆様、こんにちは。三沢ケイです。

本作は堅物軍人×男装令嬢の恋愛でしたが、お楽しみ頂けましたでしょうか？

ヒーローを〝色恋沙汰に全く興味のない堅物〟としてしまったので、どうやって恋愛感情を意識させ甘さを引き出すかという部分がとても難しかったです。男装ヒロインものは女とバレた瞬間から予想外のヒーローの溺愛に翻弄されるのが定番ですが、「うーん、レオナルドは性格的にやらないよね。いや、でもこれじゃあ恋愛小説じゃないぞ」と悩みに悩み、いかに自然にふたりの距離を縮めていくかに本当に苦労しました。

こちらはそんな生みの苦しみを味わった作品ですが、もし皆様に楽しんでいただけたらなら私の苦労も報われます。端から見るととっても変わったカップルですが、本人達は幸せいっぱいです。

さて、本作はハイランダ帝国を舞台にした作品ですが、実は元になった作品があります。訳あり皇帝のベルンハルトと魔法の国の王女リリアナの婚約から始まる押せ押せラブファンタジー「夢見の魔女と黒鋼の死神」。そしてその後に続く、外交長官のフリージと落ちこぼれ魔女カトリーンの極甘シンデレラストーリー「エリート外交官は落ちこぼれ魔女をただひたすらに甘やかしたい」です。

どちらも一迅社アイリスＮＥＯ様より書籍発売中ですので、ご興味があれば是非読んでみてくださいね。今作ではあまり出てこなかった他の四天王達や、アイリスと出会う前のレオナルドも登場します！


最後に、この場を借りてお礼を伝えさせていただきます。

本作の構想段階から展開等の相談に乗ってくれた日車メレ先生、戸瀬つぐみ先生。本作の世界観を見事に表現した素敵なイラストを描いてくださった八美☆わん先生。作品をよりよくするために様々なアドバイスをくださった編集担当の今林様。そして、本作をお手に取ってくださった、読者の皆様。

本作に関わるすべての方々に、深くお礼申し上げます。

本当にありがとうございました。

三沢《みさわ》ケイ

三沢ケイ先生への
ファンレターのあて先

〒104-0031
東京都中央区京橋1-3-1
八重洲口大栄ビル7F
スターツ出版株式会社　書籍編集部　気付

三沢ケイ先生

本書へのご意見をお聞かせください

お買い上げいただき、ありがとうございます。
今後の編集の参考にさせていただきますので、
アンケートにお答えいただければ幸いです。

下記URLまたはQRコードから
アンケートページへお入りください。
https://www.berrys-cafe.jp/static/etc/bb

崖っぷち令嬢が男装したら、騎士団長に溺愛されました

2021年6月10日　初版第1刷発行

著　者　三沢ケイ

発行人　菊地修一
デザイン　カバー　AFTERGLOW
フォーマット　hive & co.,ltd.
校　正　株式会社鷗来堂
編　集　今林望由
発行所　スターツ出版株式会社
〒104-0031
東京都中央区京橋1-3-1　八重洲口大栄ビル7F
TEL　出版マーケティンググループ　03-6202-0386
(ご注文等に関するお問い合わせ)
URL　https://starts-pub.jp/
印刷所　大日本印刷株式会社

Printed in Japan

乱丁・落丁などの不良品はお取替えいたします。
上記出版マーケティンググループまでお問い合わせください。
定価はカバーに記載されています。

ISBN 978-4-8137-1106-3　C0193

ベリーズ文庫 2021年6月発売

『政略結婚の甘い条件～お見合い婚のはずが、御曹司に溺愛を注がれました～』　紅《くれない》カオル・著

祖父と弟の3人でイチゴ農園を営む菜摘は、ある日突然お見合いの席を設けられ、高級パティスリー社長の理仁から政略結婚を提案される。菜摘との結婚を条件に、経営が傾いている農園の借金を肩代わりするというのだ。理仁の真意が分からず戸惑うも、彼の強引で甘い溺愛猛攻は次第に熱を増していき…!?

ISBN 978-4-8137-1100-1／定価715円（本体650円＋税10%）

『身ごもりましたが、結婚できません～御曹司との甘すぎる懐妊事情～』　惣領《そうりょう》莉《り》沙《さ》・著

エリート御曹司の柊吾と半同棲し、幸せな日々を過ごしていた秘書の凛音。しかし彼は政略結婚話が進んでいると知り、自分は"セフレ"だったんだと実感、身を引こうと決意する。そんな矢先、凛音がまさかの妊娠発覚！　ひとりで産み育てる決意をしたけれど、妊娠を知った柊吾の溺愛に拍車がかかって…!?

ISBN978-4-8137-1101-8／定価737円（本体670円＋税10%）

『エリート官僚はお見合い妻と初夜に愛を契り合う』　宝月《ほうづき》なごみ・著

料理が得意な花純は、お見合い相手のエリート官僚・時成から「料理で俺を堕としてみろよ」と言われ、俄然やる気に火が付く。何かと俺様な時成に反発しつつも、花純が作る料理をいつも残さず食べ、不意に大人の色気あふれる瞳で甘いキスを仕掛けてくる時成に、いつしか花純の心は奥深く絡めとられて…!?

ISBN 978-4-8137-1102-5／定価704円（本体640円＋税10%）

『契約結婚のはずが、極上弁護士に愛妻指名されました』　皐月《さつき》なおみ・著

箱入り娘の渚は、父から強引にお見合いをセッティングされ渋々出かけると、そこには敏腕イケメン弁護士の瀬名が！　実家を出るために偽装結婚をしたいという渚に、瀬名は「いいね、結婚しよう」とあっさり同意する。形だけの結婚生活だと思っていたのに、なぜか瀬名は毎日底なしの愛情を注いできて…!?

ISBN 978-4-8137-1103-2／定価726円（本体660円＋税10%）

『若旦那様は愛しい政略妻を逃がさない～本日、跡継ぎを宿すために嫁入りします～』　若菜《わかな》モモ・著

ロサンゼルス在住の澪緒は、離れて暮らす父親から老舗呉服屋の御曹司・絢斗との政略結婚に協力してくれと依頼される。相手に気に入られるはずがないと思い軽い気持ちで引き受けたが、なぜか絢斗に見初められ…!?　甘い初夜を迎え澪緒は子どもを授かるが、絢斗が事故に遭い澪緒との記憶を失ってしまい…。

ISBN 978-4-8137-1104-9／定価726円（本体660円＋税10%）

ベリーズ文庫　2021年6月発売

『独占欲に目覚めた次期頭取は契約妻を愛し尽くす～書類上は夫婦ですが、この溺愛は想定外です～』　砂川雨路《すながわあめみち》・著

銀行員の初子は、突然異動を命じられ次期頭取候補・連の秘書になることに。異動の本当の目的は初子を連の契約妻として迎えることで…。ある事情から断ることができず結婚生活がスタート。ウブな態度で連の独占欲を駆り立ててしまった初子は、初めて味わう甘く過保護な愛で心も身体も染められていき…!?

ISBN 978-4-8137-1105-6／定価704円（本体640円＋税10%）

『崖っぷち令嬢が男装したら、騎士団長に溺愛されました』　三沢《みさわ》ケイ・著

家督を守るため、双子の弟に代わって騎士になることを決意した令嬢・アイリス。男装令嬢であることは隠し通し、このミッション絶対やりきります！…と思ったのに、堅物で有名な騎士団長・レオナルドからなぜか過保護に可愛がられて…!?　これってバレてる？　騎士団長×ワケあり男装令嬢の溺愛攻防戦！

ISBN 978-4-8137-1106-3／定価726円（本体660円＋税10%）

ベリーズ文庫 2021年7月発売予定

Now Printing

『俺の全部でキミを奪う～御曹司はママと息子を奪いたい～』 美希《みき》みなみ・著

カタブツ秘書の紗耶香は3才の息子を育てるシングルマザー。ある日、息子の父親である若き社長、祥吾と再会する。自らの想いは伏せ、体だけの関係を続けていた彼に捨てられた事実から戸惑う紗耶香。一目見て自分の息子と悟った祥吾に結婚を迫られ、空白の期間を埋めるような激愛に溺れていき…!?

ISBN 978-4-8137-1114-8／予価660円（本体600円＋税10%）

Now Printing

『天敵御曹司と溺愛ニンカツ婚!?』 佐倉伊織《さくらいおり》・著

OLの真優は、恋人との修羅場を会社の御曹司・理人に助けられる。その後、元彼の豹変がトラウマで恋愛に踏み込めず、自分には幸せな結婚・妊娠は難しいのかと悩む真優。せめて出産だけでも…と密かに考えていると理人から「俺ではお前の子の父親にはなれないか?」といきなり子作り相手に志願され…!?

ISBN 978-4-8137-1115-5／予価660円（本体600円＋税10%）

Now Printing

『タイトル未定』 pinori《ぴのり》・著

御曹司・国峰の秘書に抜擢されたウブ女子・千紗。ひょんなことから付き合うことに。甘く愛され幸せな日々を送っていたが、ある日妊娠発覚！　彼に報告しようとするも、彼に許婚がいて海外赴任が決まっていると知り、身を引こうと決心。一人で産み育てるけれど、すべてを知った国峰に子供ごと愛されて…。

ISBN 978-4-8137-1116-2／予価660円（本体600円＋税10%）

Now Printing

『身代わりの私がエリート御曹司から政略結婚を迫られている件について。』 宇佐木《うさぎ》・著

箱入り娘の梓は、従姉妹の身代わりで無理やりお見合いをさせられる。相手は大手金融会社の御曹司で次期頭取の成。さっさと破談にしてその場を切り抜けようとするが、成は「俺はお前と結婚する」と宣言し強引に縁談を進める。いざ結婚生活が始まると成はこれでもかというほど溺愛猛攻を仕掛けてきて…!?

ISBN 978-4-8137-1117-9／予価660円（本体600円＋税10%）

Now Printing

『今夜、君は僕の腕の中』 砂原雑音《すなはらのいず》・著

仕事も恋もうまくいかず落ち込んでいたOLの雅は、ひょんなことからエリート医師の大哉と一夜を共にしてしまう。たった一度の過ちだとなかったことにしようとする雅だが、大哉は多忙な中、なぜか頻繁に連絡をくれ雅の気持ちに寄り添ってくれようとする。そんなある日、雅に妊娠の兆候が表れ…!?

ISBN 978-4-8137-1118-6／予価660円（本体600円＋税10%）

タイトル、価格等は変更になることがございますのでご了承ください。

ベリーズ文庫 2021年7月発売予定

Now Printing

『竜王陛下のもふもふお世話係2』 三沢《みさわ》ケイ・著

ウサギ獣人に転生したミレイナは、『白銀の悪魔』と恐れられている竜王・ジェラールに拾われ、もふもふ魔獣のお世話係として奮闘中！　のんびり暮らしているだけなのに、最近竜王様の溺愛が加速しているような…!?「お前を妻にしたい」――甘い言葉で求婚されて、恋に臆病なミレイナはタジタジで…。

ISBN 978-4-8137-1119-3／予価660円（本体600円＋税10%）

タイトル、価格等は変更になることがございますのでご了承ください。